动物故事大王马文秋
奇趣自然大冒险系列

神秘的“驴头狼”

马文秋 / 著

浙江教育出版社·杭州
ZHEJIANG EDUCATION PUBLISHING HOUSE

书写生命传奇

早在人类出现以前，大大小小的野生动物就生活在我们这个蓝色的星球上，但如今它们的数量已经很少，只有在一些人迹罕至的地方，才能找到它们顽强而自由的身影。野生动物的世界是一个隐秘而独立的世界，卑微却不失尊严，延续着生命的传奇。

本书的作者对神奇的大自然产生了浓厚的兴趣，怀着神圣的使命感走进大自然，接触到了众多充满灵性的原生态的生命，并把所见所闻写成生动有趣的故事。可以说，作者为我们打开了一扇了解野生动物的大门。黄河源头、祁连山、念青唐古拉山、柴达木盆地、贵州苗寨、舟山群岛、巴丹吉林沙漠、云南密林、木孜塔格山、察隅河谷、武夷山、神农架林区、南海荒礁、九万大山、内蒙古草原、塔里木河、小五台山、怒山、黎母岭、他念他翁山、库木库勒盆地……都留下了作者探索和探险的足迹。

这种用生命写作、为生命而写作的精神，令我颇感欣慰。

这套书分五册，有近百个故事，描写的动物种类相当多。翻开其中一本，粗略算下，就涉及了缅甸蟒、金猫、藏狐、雪豹、蒙古野驴、黑麂、骆驼、狗獾、黑熊、水獭、虎头海雕、紫貂、马鹿、貂熊、东北虎、鄂伦春马、犀鸟、棕熊、白唇鹿、黑尾蟒、藏獒等多达二十一种动物。全书每个章节后面都配有动物观察笔记，让人在充满快感的阅读后，还能认识不少有趣的动物，开阔了视野。

书中的很多故事，是描写人与动物的珍贵情感的，充满正能量，特别能打动人，小读者们读这些文章，能从小培养宽仁博大的爱心、勇敢担当的精神和高尚的情操。在作者笔下，每个动物都有自己的性格和个性，充满真实的“人性”，体现了作者对动物的尊重。作品文字优美流畅，情节惊险曲折，有助于提高孩子的写作能力和想象力。

动物小说大王　沈石溪

目录

第一章

林麝与赤狐

扫码即可
声临其境

我独自穿行在河谷中，不时被身边的美景所震撼。我很喜欢这样幽深的河谷，植被特别茂盛，河水清澈，水量不太大，不时还有一些溶洞出现，显得格外神秘。虽然是深冬季节，但仍有难以掩饰的生机。这里是九万大山，位于广西北部，九万大山的“九万”并不是数字，而是壮语“九怀”(水牛头)的读音，意思是“水牛头山”。这里峰峦起伏，崖壁幽壑，茂林修竹，河流深切，峡谷众多，是广西十大水源林区之一，罗汉松、伯乐树、南方红豆杉、合柱金莲木、桫椤、紫木、黄檀、楠木、金丝草等珍稀植物常能见到。

这里属于亚热带气候，夏季毒蛇、毒虫比较多。我被咬过，心有余悸，所以特地选择冬季来这里。我此行没有带向导，选择独自行动，白天在山里考察，晚上住在当地人的寨子里。

这里是野生动物的天堂，有大鲵、穿山甲、野猪以及鼋、蟒蛇、熊猴、林麝、金钱豹等珍稀濒危动物。我连续观测了几天，遗憾的是并没有太多收获，不知是不是动物们白天活动较少的缘故。但是我没有灰心，继续上山，到了以前没到过的地方。这里没有路，我用一把柴刀开路，十分谨慎地走着。

我找到一个合适的观测点，所处的位置相对比较高，用望远镜观察树林中的动静。突然，我发现一个移动的影子，仔细一看，是一个动物，大小很像一匹狼，但它皮毛棕红似乎又像野猫。我凭经验认出这是一只狐狸，是赤狐，尾巴比较蓬松。我有些激动，终于在白天看到动物了！

赤狐这种动物相对比较多，它听觉、嗅觉都很发达，性情狡猾，行动敏捷，喜欢单独活动。它通常在夜里出来活动和捕食，白天隐蔽在洞中睡觉，长长的尾巴有防潮、保暖的作用。在荒僻的地方，它有时也会白天出来寻找食物。它的腿虽然较短，爪子却很锐利，跑得也很快，追击猎物的速度可达每小时50多千米。

赤狐的动作快速又鬼祟，看样子是在接近猎物，应该是有了明确的目标，可惜我暂时还没发现目标。野生动物捕食的场面是很难得的，我当然要仔细观察，不能放过。我又检查了一下自己的隐蔽情况，不能被发现，也不能因过于专注观察而忽略被别的动物袭击的危险。这是有经验和教训的，并不是耸人听闻。

我顺着赤狐的目光往前看，试图找到它的目标，但瞪大眼睛看了一会儿，什么也没看见。它前方几十米只有杂草乱石，再往前就是一片开阔地，零星有一些比较高大的南方红豆杉树。我心中不由得产生一些疑惑——莫非我判断错了？难道赤狐只是在散步吗？

突然，赤狐四足腾跃，加速向前冲。我的眼前一花，恍惚间看见赤狐前面大概20米远的地方有什么东西突然蹦起来，并快速分开来，向前面的开阔地跑去。我惊呆了，定睛细看，原来是一大一小两只动物。它们都没有角，小的类似小鹿，但肚子有些大，大的不到一米长。距离远看不太清楚，隐约看出毛色呈灰褐色，并有一些纹路，形成比较好的保护色，所以刚才趴在那里，我都没看出来。

我对当地分布的动物已有详细的了解，大致判断出这是林麝。它们是各种麝中体型最小的一种，四肢下部的毛比马麝的还要短，并紧贴皮肤。

林麝与大自然浑然天成的保护色还是没

能逃过赤狐的眼睛和鼻子，赤狐可是以狡猾出名的。

据当地的科学工作者说，林麝是一种警惕性很强的动物，视觉和听觉非常敏锐，往往不等敌害接近就逃离或避开了。这次似乎反常，两只林麝应该已经发现赤狐，却如同想要赌一赌似的一直没动。这是要拿命赌一局呢，还是存在着也许赤狐发现不了它们的侥幸心理呢？野生动物生存艰辛，一旦判断失误，就会付出生命的代价，它们一般是不会赌的。我感觉其中另有隐情。

幸亏望远镜性能不错，它们在开阔地上，我能看得比较清楚。那头个头较小的林麝肚子很大，应该是头雌的，并且怀孕了，行动不太灵活。大个的应该是雄的。两头林麝应该是一对，雌的行动不便，所以雄的冒险陪它隐蔽，力图躲过赤狐的眼睛。它们最好的办法就是不动，一动就暴露了行踪。

不过今天它们低估了这只狡猾的赤狐——它装作漫不经心的样子，却在迅速地接近林麝的藏身地。

两头林麝意识到已经暴露，处境十分危险，只能逃跑，不能在那里等死。赤狐也不再“演戏”，发起了猛烈的冲锋。它不算是特别厉害的动物，但在捕猎时动作异常迅捷、凶悍。它恨不得一下子抓住林麝大吃一顿。大自然是美丽的，但也存在着残酷的生存法则。

我心跳加速。虽然自然界的规律就是弱肉强食，赤狐捕杀林麝无可厚非，但我仍然替雌林麝揪心，它怀着孩子呀，那是两条生命。多么希望能出现奇迹！

雄林麝行动迅捷，完全可以独自迅速逃离险境，但它没有，而是跑在后面，明显是想保护伴侣，令我十分欣慰和感动。赤狐连蹿带跳，速度很快，越追越近，眼看就差十几米了，我的心瞬间提到了嗓子眼。此时，雄林麝仍在后面，丝毫没有独自逃走的意思。

两头林麝奔跑在开阔地上，眼看再跑下去就要被赤狐追上了。完了……我急得直拍大腿。令我意想不到的是，两头林麝竟然朝一棵非常高大但有些倾斜的南方红豆杉跑去，一前一后紧挨着，很快就爬上去好几米。这太不可思议了！以前听说过林麝善于跳跃和攀登，但没有见识过，今天真是大开眼界。

去过原始森林探险的朋友应该知道，在原始森林里，有很多树形态千奇百怪，有的特别粗大，几个人都抱不过来；有的是因地震、泥石流、山体滑坡等原因倒伏的。今天林麝爬的这棵南方红豆杉很粗很高，估计有20多米高，树干有些倾斜，靠在另一棵大树上，因此林麝能往上爬。林麝后腿发达，长度远超前腿，站立时后高前低，蹄子尖而坚实。它能在山崖峭壁之间蹦跳自如，也能爬一些不高的树，今天爬上这么高的树，估计是为了逃命而做的冒险尝试。

虽然树干不是光滑的，有很多裂缝和纹路，但我仍相当惊讶，雌林麝分明怀孕了，在地上奔跑都有困难，怎么能爬上树呢？仔细看，原来是雄林麝一直在下面，用强健的头部顶着它往上爬，这样雌林麝就省力多了，但是雄林麝却相当费力。那可不是在地上，而是在只有一点倾斜度的树干上，它们的脚只能勉强踩在树干的突起或缝隙上。这头雄林麝有这样的技巧和耐力，简直太厉害了！

我十分感动，雄林麝为了伴侣的安危，完全置自己的生死于不顾。此时，赤狐已到了大树下。

据我所知，赤狐的身体不如狼大，却十分灵活，极善跳跃，但当赤狐顺着倾斜的树干往上爬时，我还是惊呆了。

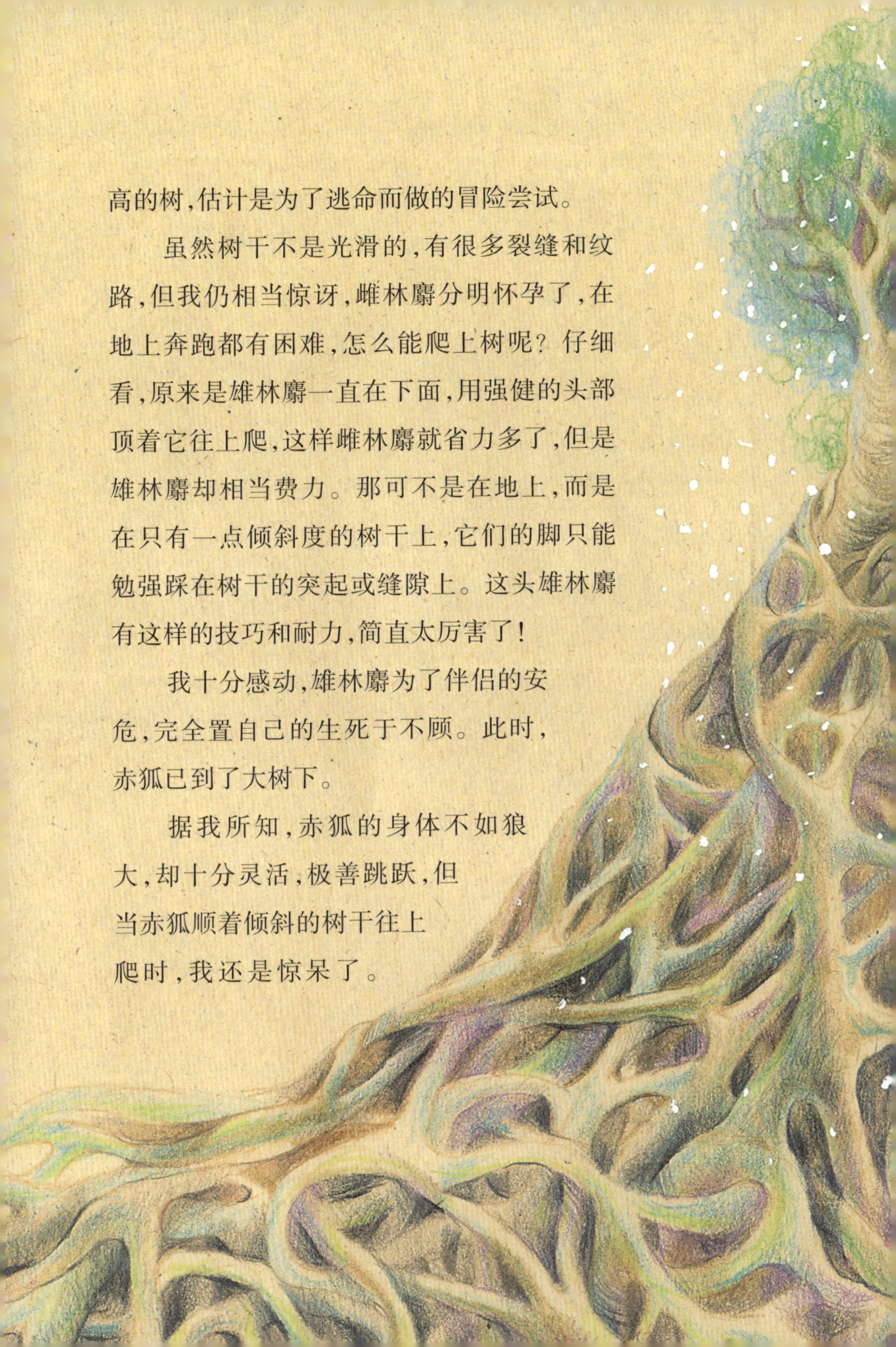

我没看错吧？狐狸也会爬树？它爬得还挺快呢，没差多少就要咬到雄林麝的后腿了。

我禁不住失声惊叫起来："林麝，快点爬！快点！赤狐，你什么时候学会爬树了？你给我下来！"

此时如果雄林麝心中慌乱，认为逃脱无望而行动松懈，可能转瞬之间就会失去平衡，从树上摔下来，应该会当场摔晕，赤狐也就如愿了。这一刻赤狐竭尽全力追击威慑，不时发出威胁性的叫声。但是雄林麝完全没有理会，也没有停止，仍顶着雌林麝竭力往上爬。

结果是赤狐没能咬到雄林麝，始终就差那么一点，但它先爬不动了，不得不转身跳了下来。可能它觉得爬得太高太冒险，一旦受伤，行动就会受限，不能捕猎了，还可能成为一些大型猛兽的猎物。

我松了一口气，发觉自己已浑身冒汗。太惊险了！两头林麝与死神擦肩而过。

我对赤狐能爬树百思不得其解。我了解不少动物，但从没听说过狐狸能爬树。后来，我认识了当地的一个老猎人，他曾经打猎采药几十年，对山里的事情很清楚，经验非常丰富。他告诉我，他亲眼看见过很多次当地的狐狸爬树，当然，不如云豹、豹猫等灵活，但10米以下的树干爬起来没问题。

我惊讶地问:“九万大山的狐狸是新品种吗？有什么特殊之处?”

“都一样,没啥不同。”

“那为什么会爬树？我以前没见过,也没听说过。”

“因为我们这里貉和獾子多,貉、獾子都会爬树,狐狸有时会跟它们在一起活动。狐狸很聪明,看见貉、獾子爬树就会模仿。狐狸很善于模仿,甚至能模仿人的声音。渐渐地,有些聪明的狐狸就学会了爬树,还教给自己的孩子,所以这里的很多狐狸都会爬树。你见过狐狸洞吗？狐狸很狡猾,不会费力气自己挖洞,一般都是利用獾洞或墓洞等,有时甚至跟貉、獾子住在一起,跟一家人一样。狐狸的爪子比狼的还要尖利,身子非常轻,大尾巴也能起到很好的平衡作用,爬树对它们来说不算难,只要敢于尝试,再学会一些技巧也就行了。”老人说。

“真是增长知识呀！谢谢您。”我由衷地赞叹道。

“没啥奇怪的,有的人会爬树,有的人不会;有的人会游泳,有的人不会。狐狸跟狐狸也不一样。”老人笑了,皱纹更深了,白发闪着银光。

那只赤狐没有再尝试爬树,而是站在树下,紧盯着那两头林麝,没有要离开的意思。它爬树的技能有限,但它也不相信那两头林麝能够坚持很久。

我松开外衣，擦擦汗，继续用望远镜观察。两头林麝已经爬了有20米，爬得越高，离赤狐就越远，但其他风险也在累积。事实上，它们已经没有回头的可能，只能爬上高高的树冠，到枝杈上去休息一会儿。一旦有闪失，从高空坠落，必死无疑。我又空前紧张起来，担心看到更惨烈的一幕。难道赤狐盼望的结局真会出现？

两头林麝越爬越慢，确切地说是雄林麝越爬越慢，它可能快顶不住了。它们接近了静止，令我窒息的静止和颤抖，但是它们没有坠落，雄林麝突然又开始用力，加速向上。雌林麝也竭力向前一爬，很快，它们到达了一个树杈处，可以容身了，不会掉下去。但是那里没法再容下雄林麝。由于用力过猛，它脚下打滑，再也抓不住树干、控制不住身体了，开始坠落。

最不想看到的一幕还是发生了，我的心猛得揪起来。

值得欣慰的是，雌林麝脱险了，它们还没出生的孩子也保住了。雄林麝保住了伴侣和孩子的生命。它可能死亡，但没有失败。我为它悲伤，更为它欢呼。

赤狐见状欣喜若狂，就在旁边等着，生怕它再跑了。雄林麝刚一落地，赤狐就猛扑过去，咬向它的脖子。

完了，我知道雄林麝摔得很重，毕竟太高了。赤狐如此凶狠，它估计活不了了。但是，落在地上的雄林麝并没有立刻死亡，因为它是顺着树干掉下来的，地上也不是特别硬。

在赤狐扑过来时，它抬头朝赤狐咬去，动作很猛，使出了全身的力气。

赤狐直接冲过去，以为是唾手可得，因此没有防备，竟然被咬中了头部。赤狐发出一声极为惨烈、怪异的尖叫，它被雄林麝不偏不倚地咬中了。虽然赤狐猛地挣脱，但面部已满是鲜血，多了两个血窟窿，伤得不轻。

林麝这种动物比较独特，虽然是食草动物，性情很胆怯，但是长着很发达的上犬齿，约10厘米，有些夸张地露在外面，几乎比东北虎的还长。虽然没有东北虎的那么粗和威力大，但也是比较厉害的武器，锋利异常，尤其是威慑作用比较明显。它们长这么长的上犬齿，主要是在发情季节，雄麝间争偶决斗用的，用来撕裂对手的皮肉，它们在与同类打架时也很凶猛。

雄林麝没法再动弹，否则可以冲上去继续攻击，把赤狐当场杀死，那可就是奇观了。不过只这一下，就让赤狐完全吃不消了。赤狐不停地惨叫着向后退去，再也没能进攻，蹦跳一会儿后转身跑了。可能是赤狐伤势太重，它要尽快找个地方躲起来养伤。

简直和做梦一样，我看着这一切完全呆住了。雄林麝不但没死，还击败了凶残的敌人。

遗憾的是，勇敢的雄林麝没能再站起来。我仔细观察，发现它的眼睛是睁着的，并且在眨，它并没有死，只是受了重伤，腿摔断了。野生动物的抗击打和抗摔能力很强，因为脆弱的物种早就被大自然淘汰了。能生存下来的动物都是生命力极强的。

树上的雌林麝是安全的，但是下来很困难。如果这样耗下去，终究难免一死。为了生存，两头林麝已经拼尽全力，创造了奇迹，让我佩服得几乎流下眼泪。我决心要帮助它们。记下这里的位置后，我立刻朝一座护林员的屋子走去，那屋子用望远镜恰好能看见。

几个小时后，我和一位热心的护林员回到现场。万幸的是，它们都还在。我们费了很大的力气，把雌林麝从树上弄下来，把两头林麝都背到山下治疗。经过检查，雄林麝的伤不足以致命，是可以活下来的。保护区的工作人员听了我的讲述，都十分惊诧，决心要好好治疗雄林麝，并且让这两头林麝继续生活在一起。

这是我野外探险最难忘的经历之一。每当想起那一幕幕，都会百感交集，充满敬意。它们不是人，只是在野外生存的动物，却堪称一对真正生死与共的伴侣。拥有勇敢无畏、敢于拼搏的精神，真的可以创造奇迹。每当在野外遇到困难与挫折，我就会想起那头雄林麝，身上似乎就有了力量。我告诉自己，顶住，用你最后的力量去拼一次吧！

动物观察笔记

灵敏又珍贵的林麝

别名 | 南麝、森林麝、黑獐子、林獐、香獐

种属 | 哺乳纲偶蹄目麝科

体长 | 63—80厘米

体重 | 6—9千克

分布区域 | 中国、越南

◎**出没地带**

针阔混交林

◎**最喜欢的食物**

树叶、杂草、苔藓、嫩芽、地衣及各种野果

◎**保护级别**

濒危物种、国家一级保护动物

1 灵敏又胆小

林麝是一种非常温顺又特别灵敏、胆小的动物，它们的视觉和听觉都很灵敏，一有风吹草动就迅速隐藏于岩石堆中，或逃得无影无踪。它们能轻快、敏捷地在险峻的悬崖峭壁上行走；能登上倾斜的树干，站立于树枝上。

2 动物界的跳跃健将

林麝四肢细长，后肢比前肢长四分之一至三分之一，所以站着的时候后部明显比前部高，蹄子狭而尖。它们跑得快，每小时可达60千米；而且非常善于跳跃，能从平地跳起2米多高，一般的围墙根本拦不住它们，真的能飞檐走壁。

3 珍贵的麝香

雄性林麝的腹股沟位置有麝香腺，能分泌麝香。这种麝香的香气醇厚、浓郁，经久不散，闻名于世。它是配制高级香水、香精的定香剂，又是刺激中枢神经系统的兴奋剂，还可用来配制多种苏醒和强心等急救药物，具有极高的经济价值和药用价值，有“软黄金”之称。

第二章

神秘的“驴头狼”

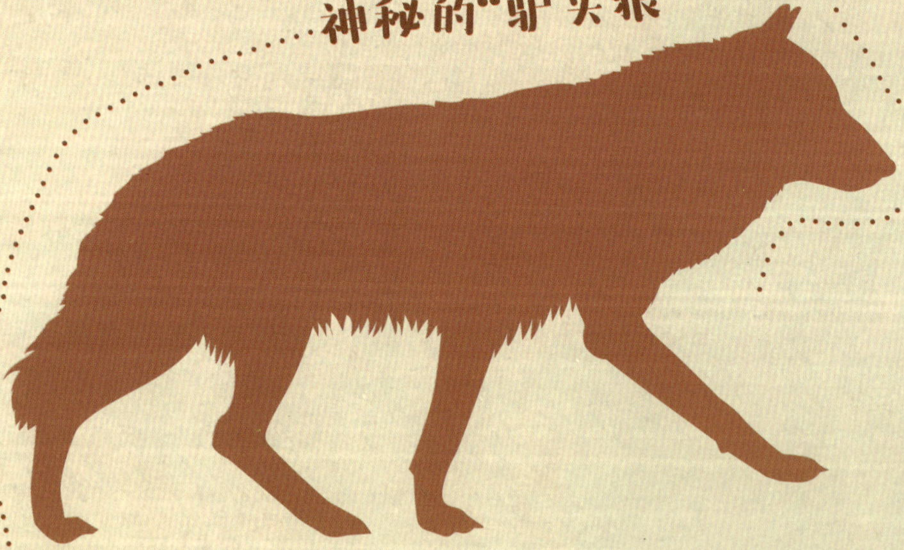

扫码即可
声临其境

那年9月，我又一次来到湖北神农架考察。经多方打听，得知在一个偏僻的村子里有位老人，70岁了，是这一带有名的老猎人，他有许多传奇的经历，于是我不辞劳苦专门去拜访他。村子位于绵绵不绝的大山深处，车子根本无法通行，有很长一段路都需要步行，还钻了好几个隧道，全程走下来，真像进了另外一个世界。

老人很瘦，但很精神，身材高大，反应敏捷，两眼炯炯有神，神态并不显苍老，看上去也就是50多岁的样子。这应该跟山里新鲜的空气和纯天然、无污染的水质有关。老人十分友善，跟我讲了很多他亲眼见过的野生动物的故事。我如获至宝，都做了记录。这些都是第一手资料，非常宝贵。我恭敬地问老人：“您见过那么多动物，哪种最厉害呢？”

“驴头狼！”老人不假思索地说。

“什么？狼还是驴？”我很吃惊。因为老人说话的口音有些重，我怀疑没听清楚。

“驴头狼。”老人慢慢地说。

“这是什么动物？您前面跟我说的老虎、豹子、狼、狐狸等动物，我们都知道，这个驴头狼还是第一次听说。”我掩饰不住疑惑。

“是呀，驴头狼很少见，但在我们这里还是有的，我没觉得它跟别的野生动物有什么不同，就是比较厉害吧，连老虎都怕它。”老人说。

我越听越晕，但看老人不像开玩笑，就说：“那您跟我讲讲，驴头狼到底是什么样的？”

“驴头狼也不全一样，我记得我见过的一头，身体比高个子的男人还长，高度至少到人的胸口，重有一百多千克，比普通的狼重一倍以上，四条腿很长，尾巴又粗又长，腹部的毛是白的，身上的毛是灰的。我还见到过一头身体麻黄色，尾巴像豺狗的，脊背上有毛。它们共同的特点是头部像驴，身子像狼，脑袋很大，嘴和耳朵大而长，后腿长，皮毛灰白色或麻色，叫声像驴子，爱吃肉食。”老人慢慢地讲着。

我的脑子飞快地转动着，既怀疑又兴奋。老人讲的，绝对是一种我不知道的动物。很多专家也未必知道。这真是巨大又意外的收获。当然，我还是怀疑的，这么大的动物怎

么会没有记载？必须进一步证实。

“您确实看到过这种动物？它肯定不是狼、狐狸或豺狗吗？不会是豹子吧？”我急切地问。

“读书人，我这山里人别看不识几个字，但不傻，每个动物都分得很清楚。驴头狼跟别的动物不太一样，差别大着呢，傻子都能看出来。再说，也不是只有我一个人见过。”老人说得很认真。

“是吗？那您能再讲讲驴头狼有什么独特的本领吗？”

“好的，驴头狼是专门吃肉的，个头很大，但一点也不笨，跑得特别快，还特别狡猾，有时在路边藏着，如果有落单的人或动物，它就可能盯上。一般的狼和豹子都怕它，因为它个头大，更凶猛，猎狗也不敢追它。”老人滔滔不绝地说着。

听了老人的讲述，我确定这种野生动物肯定存在，只是跟一般的猛兽不太一样。猛然想起来，我在调查神农架野人的时候，得知早在1977年就有一支鄂西北奇异动物科学考察队来到神农架考察，就获得过驴头狼等奇异动物活动的信息，可惜当时的主要目标是野人，没有进行深入的考察和研究。另外，还有一些神农架的奇特现象和怪异传说。据说，神农架著名的大九湖一带多次出现驴头狼，有林业职工亲眼见过。我当时的注意力主要在野人上，没太把这些当回事，现在想起来，觉得那不是空穴来风。结合这么多传说，还有老人的讲述，驴头狼应该是存在的，可为什么科学界都没记载这种动物？一般人也不知道这种动物的存在。这实在太不正常了，我决心搞清楚。

“现在山上还有没有驴头狼？我很想亲眼看看，如果能拍到照片，那就太好了！”我问道。

“有呀，前几天还有人看到过呢。不过，我们这山里危险重重，每年都有人在里面死亡或失踪，你不怕？”老人反问道。

“不怕！”我拍着胸脯说，“只要能找到驴头狼，弄清楚怎么回事，我啥都不怕！”

“好样的，有胆量！明天我陪你走一趟。”老人爽朗地说。

“您这么大年纪了，可以吗？”我有点担心。

“我还壮着呢，爬山不一定比你慢。我们这里的山，一般人不熟悉，进去了恐怕出不来。一般的年轻向导也不行，而我闭着一只眼都知道怎么走。”他显得十分自信。

“真是太感谢您了！”我握住了老人的手，对老人充满了敬佩之情。当天，我就住在老人家里，正好我早有准备，带了很多方便食品，请他尝尝外面的味道。老人很开心，拿出了猪肉、腊猪蹄和排骨，简直太美味了！尤其是麻豆，令我胃口大开。老人还在家里晒了很多野山菌，用水一泡，炒着吃特别香。老人看我美美吃着的样子，爽朗地笑起来，说水潭里的冷水鱼才叫好吃呢，有机会去捉几条。我连连点头。

第二天，我们早早起来就进了山。这个村子本身就在大山深处，往里一走，直接就是深山老林。神农架的山林真正称得上蛮荒奇绝，绝对令人震撼。神农架位于湖北省西部，这里资源极其丰富，有“天然药园”之称。远古时代，神农氏为遍尝百草率众寻到了一座高山上，但见这里山势陡峭，森林遍野，认定必有奇药密藏。他先教人们“架木为屋，以避凶险”，又教人们“架木为梯，以助攀缘”。他采得了良药几百种，著就了《神农本草经》。后人缅怀始祖恩德，便将这座高山称作神农架。这里是“华中屋脊”，高耸入云的峭壁随处可见，森林保存完好。

一路上，老人不断向我介绍各种草药，大部分名字我是第一次听说，真是又惊喜又惭愧。老人还知道每种草药的作用，哪种能治什么病，哪种能强身健体，怪不得他身体这么好。

近年来，大部分人都搬到山外去了，森林保护得很好，动物数量也多了起来。老人没有枪，只有一把自己制作的弩，早已磨得发亮，但他仍当宝贝似的，不愿让我过多把玩。他警告我这个东西很危险，可不能随便碰。这可是他遇到

吃人猛兽时保命的家伙。

“那这山上都有哪些吃人的动物呀?”

“很多,有狼呀,豺呀,连驴头狼也吃人!”

“驴头狼吃过人?就在山上吗?”我不由得有些恐惧。

“就在山上,说不定这会儿就在哪里看着咱们呢,但要找到它很难。它一般不出来,善于搞突然袭击。”

老人说得对,这深山老林,草有一人高,灌木丛更别提了,没植物的地方,也是怪石嶙峋,深沟峭壁,还有不少山洞,非常有利于野兽躲藏。听说那驴头狼行踪诡秘,身手矫健,行走如飞,孤身一人在山里被盯上的话真是无法逃脱。

“我们会遇到驴头狼吗?”走了半天,我问老人。

“我是这里的老猎人了,你觉得呢?”他淡淡地说着。

我有点摸不着头脑,也许老人是说他比较厉害吧!老人虽上了年纪,却有种不容侵犯的气质,又有丰富的狩猎经验,估计驴头狼也是怕他的。

果然,转了半天,见了很多动物,但没有驴头狼的影子。我们休息一会儿就下山了。我感觉直线走出的距离不是特别远,主要是上坡下坡,在沟里转。我早已经转晕了,也比较依赖老人,自己没太留意,要是现在把我扔在这里,我是无论如何走不出去的。

在老人的带领下,终于回到他的家里。

次日，我又跟老人进了山，不过这次走的方向跟上次不一样。山谷依然幽深，好在有老人同行，我心里很踏实。山林太美了，令我陶醉。

“你觉得怎样才能找到驴头狼？”老人问我。

我认真地想了想，说道：“我们这么找不是办法，可以设计个陷阱或圈套，等着它中计。”

“驴头狼太精了，不行的，再说政府是不许乱下套子的，到头来，找不到驴头狼，倒可能伤害到别的动物，甚至可能误伤进山的人。”

“您说得对，如果误伤到人就不好了。”

“不过，你只答对了一半。我们要找到驴头狼，还是要动动脑筋的。这个任务只能由你来完成。”老人说。

“是吗？您一定看出来了，我还是有些身手的。的确，我也算是个探险家，可是我要怎么做呢？”我有点受宠若惊。

“咱们分开，我上那个山头，你就在下面走，驴头狼有可能去找你，一天不行就两天，它早晚会出来的。你这个人，身上没有杀气，野兽不会怕你。”

“什么？找我？驴头狼要是找到了我，我不就没命了，我能打得过它吗？”我有些急了。

“正因为你打不过它，它才会把你当成猎物，只有这样才能引出它来。咱俩老在一起，它是不会出来的。”老人依旧很平静。

“这是拿我当诱饵啊,太危险了吧?”

“思来想去也只有这个办法了。你不是很想见见驴头狼,揭开它的真面目吗?这是唯一的办法,我们互相配合。我埋伏在高处,等它一出来,我找个合适的机会制住它!”老人果断地说。

我听得冷汗直冒。探险这么多年,我经历的惊险事情无数,算是个身经百战的人了,胆子也不小,但我以前主要跟常见的野生动物打交道,我相信它们一般不会主动攻击人,事实也确实如此。如果是危险的动物,我有足够应对的办法,并且保持足够的距离。但这次,我要面对的是驴头狼。这是一种巨大的凶残的未知动物,它已经伤害过很多人,攻击人是毫无疑问的。我一时说不出话来。

“没事,你可以不干,明天就走吧,这么找是遇不到驴头狼的!”老人说。

“我,我再考虑一下,明天答复您可以吗?”我说。

“可以,明天,要么你走,要么按我说的做。”老人说。

接下来,我一直思索着。这样的事情,危险性是不言而喻的,很可能会遭到直接的攻击,但我可以近距离面对如此神秘的动物。这可是自然界的一个重大发现。如果明天我走了,还算什么探险家?算什么动物研究者?我就不该犹豫。

想到这里，我对老人说：“我想好了，我干！”

“好样的！小伙子，我没看错人。那我们明天行动，不过，明天之前你依然可以反悔。”老人说。

我丝毫没考虑退缩，下决心干了，晚上竟然睡得很香。

一夜无话，第二天吃了早餐，我们又进了山。刚出村子，老人就说：“我们分开吧，你往前走。”

“那您呢？”我问。

“你别管我，我要隐藏起来，但也能看到你的。”

“好吧，那您别离太远。我该往哪里走？”我有些忐忑。

“你就随便走吧，要完全像一个人，别四处张望着找我，也别总是回头。”老人说着。

“随便走？那我很快就会迷路了呀！”

“放心，我会一直关注着你。给你这根竹竿，注意灌木、草丛里的毒蛇。你的确存在一定的危险，如果害怕，现在也可以放弃。我们回家，我送你出山。”老人的语气软中带硬。

“我已下定决心，怎么能放弃呢？今天就豁出去了，我这条命就交给您老啦！”我勉强笑了一下。

“出发吧！”老人也笑了。

我手持细竹竿向前走去，依稀还有小路在草丛中出现，走了十几步，转头看老人，已经不见了踪影。现在没有回头的可能了，听天由命吧！我索性什么也不想了，大胆往前走，就当作是自己探险。老人的做法我能理解，他必须跟我保持距离，因为我不是本地人，驴头狼应该不太怕我，才敢出来。

走了约莫半小时，前面已经没有路了。我装作漫不经心的样子寻找老人，但完全看不见他，他隐藏得很巧妙。我现在所处的位置是一条山沟，路很不好走，草木太茂盛。我十分恐惧，附近要是藏着什么东西，我根本看不见，这太危险了。我紧张地望着周围，不时地设法爬到高一点的石头上往四下观察。

突然，我发现百米外的灌木丛中隐约有一个动物。因为它个头很大，所以被我发现了。目测身子至少有2米长，浅黑色，头很大，那形态不像吃草的动物。直觉告诉我，那可能是驴头狼。我一阵狂喜，探险这么多年，见识或较量过的动物很多，但还没发现过新的物种，今天是第一次呀！根据我的经验，那是我从没见过的动物。它比狼大多了，很高大，跟老人描述的差不多。莫非有人做了一个以假乱真的标本？我刚这么一想，那个奇怪的物体动了起来，马上否定了我的假设。那绝对是个活物！很显然，它也发现了我，并且在观察我。一想到它的凶残，我感到万分恐惧。它的腿那么长，要是跑过来，不会超过10秒钟。而我手中除了一根细竹竿，并没有武器，不可能是它的对手。我急忙寻找老人的踪影，可是根本找不到，不知老人有没有看见这边的情况。

等我再张望“驴头狼”的时候，却看不见它了。这家伙够狡猾的，应该是藏起来了，就怕它悄悄地向我逼近。中间地形复杂，灌木那么高，根本发觉不了。我的恐惧感骤然加深，悄悄捡起一块石头，做好战斗的准备。

我不时观察着周围，又发现了那头“驴头狼”。这次它离我更近了，也就50米左右。它正在向我靠近。虽然不知道它的行进路线，但的确离我更近了。

我的心脏狂跳，现在可以看得更清楚了——它的四肢又粗又长，比狼高大得多，两只耳朵竖着，长相很怪异，有点像狼，但脸很长，像驴，总体看真是太奇特了！它盯着我，十分警惕，身子并没完全暴露出来。

从体形和个头看，这种动物的杀伤力绝对大，传闻并没有夸张。现在我该怎么办？惊慌逃走吗？“驴头狼”可能追过来，也可能就此放弃，并且察觉出什么，躲藏起来，下次更难遇见了。事已至此，我只能强装镇定，装作无所谓的样子继续往前探，跟“驴头狼”靠得更近了。“驴头狼”可能瞬间杀死我，我跟死亡就差几十米的距离。我被恐惧包裹

着，却又莫名的兴奋，热血在我体内激荡。我甚至想，如果没有老人，我独自遭遇这种动物会怎么样？那更加危险，但也不能逃走，在逃走的那几秒钟内就有可能被追上并且送命，越勇敢越有可能吓退它，赢得生机。

想到这里，我继续往前走。

很快，我隐约闻到了腥臭味，前面的灌木在轻轻地晃动。它果然在向我靠近，随时会冲过来。

我的脑子像过电影似的在紧张地思考着，这时眼前的灌木剧烈地响了起来，有摩擦声，也有折断声，一个黑影向我冲过来——最可怕的一幕发生了！

我急忙举起石头，却不知往哪砸。“驴头狼”的速度太快了，每秒至少前进10米以上。我还没来得及瞄准，它就到了我的眼前。我靠在一块比较大的石头后面，它跳跃起来，庞大的身躯排山倒海般出现在我的头顶。这时我明白，我所谓的石头武器是起不了什么作用的。我彻底慌了，使劲朝它投掷石头，击中了它的身子，但显然毫无效果。我本能地转身逃跑，虽然知道这时逃跑没什么用，可也别无选择。

“啊嗷——”突然传来一声惨叫，我吓得一激灵。这种狂暴的声音是“驴头狼”发出来的。我明白，是老人出手了。

“快跑，别直着跑！”我听到老人大喊，也不知这声音是从哪里传过来的。我继续往前跑，不时地拐弯，正好有一些巨石、灌木，可以起到阻隔作用。回头看，“驴头狼”脸上鲜血直流，却依然在追我。它一直嚎叫着，进入疯狂状态，虽然受伤了，但并不想放过我，大概是想复仇，情形十分凄厉恐怖。它跑得依然很快，如果我跑直线，肯定会被它追上，那么后果不堪设想，可能会被撕成碎片。老人的提醒太重要了。

“驴头狼”又变调地嚎了两声，我判断老人的弩箭又射中了它。最终，“驴头狼”撞在一根大石柱上，停下了脚步，倒了下去。

老人跑过去察看情况，发现“驴头狼”昏了过去。

而我瘫倒在地上，身上早已被汗水浸透。

老人走到我身边，我急忙跳起来。终于要揭开“驴头狼”的真面目了！

“驴头狼”侧躺在地上。我仔细看，总觉得哪里不对劲儿。我对大型野生动物还算了解，觉得它更像一头黑熊，只不过身上的毛大部分脱落了，身体也没有那么多的脂肪，因此显得四肢比较长，比较高，骨头架子很宽。远远看去，显然看不出它是头熊。它的头很长、很宽，耳朵因为没有毛显得很突兀，真有点像驴。难道这就是传说中的驴头狼？

正当我疑惑时，老人说话了：“没想到，这是一头脱了毛的黑熊。”

“我也发现了，这是怎么回事？难道这就是驴头狼？”我问。

“有点像，我见过的驴头狼也不是都一样，分好几种。驴头狼和这头黑熊对比，有不一样的地方，尾巴不一样，个头没这么大，脊背上有毛。不过，近期吃人闹事的肯定是它。”老人有些茫然。

我们都不说话了，不得不说，神农架真是太奇特了，有很多不可思议的自然现象。这头熊也许是有某种基因缺陷，也许有别的原因，导致全身的毛几乎脱落。这不是特例，类似的还有。加上体型跟别的黑熊有区别，所以被人们当成了“驴头狼”。它的确比狼高大得多，也凶猛得多。今天是非常难忘的一天，我感受到了大自然的神奇和残酷。我和老人下山后，第一时间通知了救助站，去解救了那头受伤的黑熊。

动物观察笔记

传说中
驴头狼的亲戚
沙犷

别名 | 爪蹄兽

种属 | 哺乳纲奇蹄目

分布区域 | 亚洲、欧洲、非洲及北美洲等

◎出没地带

它的化石在非洲、欧洲、北美洲、印度和中国被陆续发现

◎最喜欢的食物

未知

❶ 史前动物沙犷

4500万—3500万年前，沙犷广泛分布于亚洲地区的林地中。它最有趣的特征就是前脚上面长有弯曲的长爪，无法用掌底行走而改以指关节跖走，是典型的“爪蹄兽”。这种居住在林间的奇异跖行兽头部和身体有些像驴。这种动物种群在200万年前已销声匿迹，化石在非洲、欧洲、北美洲、印度和中国被陆续发现。它的上颚没有前牙，甚至后齿也没有多少磨损痕迹，所以必定是挑剔的进食者。它只挑选最鲜嫩的枝叶，然后直接放入嘴巴后方。

❷ 什么是爪蹄兽

爪蹄兽是犀牛、马与貘的亲缘动物，有两种主要种类，其中之一就是沙犷。这罕见的哺乳动物群是犀牛、貘和马等奇蹄类动物的近亲，在渐新世时代就在亚洲居住了。这些爪蹄兽看起来像由马、犀牛和大猩猩拼接起来的怪物。

❸ 传说中神秘的驴头狼

传说几十年前，湖北神农架地区的村民看到过一种狼身驴头的动物，当地人称它为驴头狼。它的四条腿比较细长，尾巴又粗又长，除了腹部有少量白毛，其他部位都是灰毛；头部跟毛驴一样，而身子又跟狼一样，好比是一头大灰狼被截去狼头换上了驴头，身躯比狼大得多；叫声像驴，性情凶残狡猾，奔跑迅速，找不到食物时会伤害牲畜，甚至吃人。

第三章

野骆驼的爱

扫码即可
声临其境

一年夏天，我们摄制组一行三人乘车去塔里木河中游，专程拍摄沙漠地区的野生动物。风餐露宿半个月后，我们拍到了沙蟒、藏野驴、沙半鸡等，可最想拍摄的野骆驼一直没能拍到。野骆驼是世界性的珍稀野生动物，曾存在于世界上的很多地方，但到了21世纪，仍在野外生存的仅有蒙古西部的阿塔山和中国西北一带。

一天，我们意外地发现了一汪咸水泉。这在年蒸发量高达5000到7000毫米的茫茫沙海中是一个奇迹。咸水泉周围密布着各种动物的脚印，经过仔细分辨，发现也有野骆驼的，我们兴奋不已。

我们把自己留下的痕迹都处理掉，便撤到了数百米以外的一个沙丘后面，挖了掩体，并利用几株胡杨树做掩护，伪装得天衣无缝。动物们发现不了我们，而它们一来喝水，我们就能非常清晰地拍下。

耐心地等了两天，到第三天中午时分，期待已久的野骆驼终于出现了。透过高倍望远镜，只见一头母野骆驼和一头瘦小的仔驼正缓缓走来。野骆驼比家养骆驼要高大健壮，体毛短而密，呈黄褐色。母驼的周身满是被岁月和风沙打磨的痕迹，也因此平添了几分粗犷和野性。

母驼十分警觉，一边走一边打量四周，生怕中了埋伏。它们的生存环境十分恶劣，既可能受到人类的捕杀，也可能被沙漠地区的野狼当作主要的食物。为了躲避敌害，它们不得不栖息在最干旱、最严酷的荒漠中，啃着干燥、粗糙的骆驼刺、沙拐枣、盐生草等维系生命。什么都可以没有，不能没有水，所以它们每隔一个星期就会去找泉眼喝水。

这个咸水泉大概是方圆百里唯一的水源。两头野骆驼实在渴坏了，加快脚步直奔过来，没发现有什么异常。到了泉水边，它们便迫不及待地痛快大喝起来。

我们马上开始拍摄，多么激动人心的时刻！

突然，一团黑影变戏法似的从沙地上弹起来，朝着母驼直扑过去。啊，那是一匹狼！我们简直不敢相信自己的眼睛。

转眼间，咸水泉附近又跳起十几匹灰黑色的野狼，一起向两头野骆驼冲去。它们竟然埋伏在沙子中，而表面不留任何痕迹。野骆驼非常警觉，野狼为了捕杀它们，真是费尽心机。幸好我们一直处在下风口，又有遮掩的物体，而那些狼又专心伏击早已相中的猎物，才使我们躲过狼的袭击。

母驼立即带着仔驼转身奔逃，瞧那撒开的大长腿，犹如一道旋风。野骆驼的奔跑速度很快，时速可达60千米，并且耐力极强，完全可以摆脱群狼追杀。仔驼身体轻盈，冲刺速度也不慢，但很快就因体力不支和恐惧落在了后面，成为群狼攻击的目标。

本来可以逃生的母驼见此突然掉转头，迎着群狼冲去。群狼见它怒不可遏，来势迅猛，只得放过仔驼，准备跟它大战一场。但母驼来了个90°急转弯，向左侧跑去。正当群狼发愣之际，母驼却不知何故，一下子栽倒在地，好像是腿抽筋了，一时竟爬不起来。

这群野狼瘦得皮包骨，饥渴至极，见状大喜过望，馋得口水都快流出来了。它们放弃了仔驼，一起向母驼拥去。

就在恶狼扑到的刹那，母驼却奇迹般弹起，继续奔跑，只是跑得不太快。群狼龇牙咧嘴尾随追击。看来母驼刚才是假装倒下的，以吸引群狼。

仔驼却舍不得离开妈妈，没有趁机逃离，一直在后面远远地跟着。在这广袤的大漠上，它很少见过同伴，妈妈是唯一的依靠，它怎么忍心离去呢？

几匹狼见状，又想去追仔驼。为了保护仔驼，母驼把步伐放得更慢，好几次甚至陷入群狼的合围之中，眼瞅着就要命丧狼口，我们都吓得惊叫起来。但它依仗超强的弹跳力，一纵几米远，越过群狼头顶，化险为夷，令我们目瞪口呆。它是在用生命与凶残的群狼"共舞"！多么残酷而美丽的舞蹈！

仔驼接到妈妈连续发出的逃离信号，终于忍痛离去了，渐渐消失在苍茫的大漠深处。

母驼没有了后顾之忧，加速奔跑，想摆脱群狼，但此时已力不从心，冲了一阵便跑不动了。它身上被群狼撕破的伤口一直在流血，而且多日没喝水，驼峰又小又瘪，能量早已枯竭。

生性贪婪、饥渴至极的群狼对血与肉的渴望此刻达到极点，它们围住母驼，发起了丧心病狂的猛攻。一匹大狼腾空跃起，张开大嘴，径直咬向母驼的咽喉。

母驼灵巧地一闪，突然张开嘴，把胃里黏稠腥臭的食物残渣连同胃液全都喷射到那匹狼的嘴和头上。那匹狼被熏得差点晕过去，“呜呜”怪叫着退了回去。野骆驼是反刍动物，由于食物过于粗糙，常会积存一些消化不了的残渣，到了关键时刻便用它当武器，往往能出奇制胜。

母驼又连用此招向四周喷射，击退了几匹要扑上来的狼。群狼被弄懵了，一时不敢向前。等母驼再也喷不出胃里的食物，按捺不住的群狼又不顾一切地冲了上去。有两匹狼咬住了母驼的后腿。母驼奋力甩腿，把它们踢出几米远，但腿上也被撕下两片皮肉。与此同时，有几匹狼死死咬住了它的肚皮、前腿。母驼拼尽最后的力气腾挪着，踢打着，不肯屈服于狼群的淫威。

很快，最惨烈、最震撼人心的一幕上演了，有十几匹狼扑到母驼身上，死死咬住它的皮肉，任凭母驼怎么挣扎，也无法摆脱。母驼仰天发出凄厉悲壮的狂啸，竭尽全力迈动四蹄。可是，又有两匹狼扑上去，咬住了它的后脚踝。母驼倒下了。

“太过分了！”我的同伴小杨大吼起来。我们也都有同感。本来弱肉强食是自然界的规律，人类不便过多干涉，但今天情况特殊。母驼虽为兽类，但表现出了高度的母性；而狼的兽性实在太强，已没有反抗能力的母驼，血肉横飞，惨不忍睹。

我们气冲斗牛，钻进越野车冲向群狼，同时不断地按响喇叭。我们甚至做好了与群狼肉搏的准备。今天豁出去了！

那群狼大概曾经领教过人的厉害，终于叼着几大块肉撤走了，不时地回头冲我们怒目而视。

我们来到母驼身边，它已经体无完肤，奄奄一息。我们的眼睛都湿润了。它是我们见到的最勇敢、最伟大的母亲。

母驼知觉尚存，惊讶地望着我们，知道是我们救了它，发散的瞳孔中流露出温暖的目光。

它很快咽了气，但仍不愿闭上那湿漉漉的眼睛，它放心不下自己孤苦伶仃的孩子。

我们对着上苍虔诚地祈愿那头孤独的仔驼能在这无边无际的荒凉大漠中找到自己的同伴，找到属于它们的丰美绿洲，好好活着。

骆驼的远亲 羊驼

在羊驼的胃里有水囊，可以储存水分，为此，它可以好多天不用喝水。根据这个特点，它又被称为"美洲驼"。当遇到不顺心的事时，它会从鼻子里喷出分泌物或朝别的动物脸上吐唾沫，以表达不满。当遇到痛苦的事时，它能像骆驼似的叫出悲惨的声音。

种属 | 哺乳纲偶蹄目骆驼科

体长 | 1.2—2 米

体重 | 65—75 千克

分布区域 | 南美洲

◎出没地带

高海拔和干旱的沙漠地区

◎最喜欢的食物

高山棘刺植物

种属 | 哺乳纲啮齿目鼠科

体长 | 10—15 厘米

体重 | 约 45 克

分布区域 | 内蒙古、河北、陕西、青海、新疆等省(区)

◎出没地带

荒漠、荒漠草原

◎最喜欢的食物

草本植物、旱生灌木、小灌木的茎叶和果实

◎保护级别

易危物种

子午沙鼠喜欢晚上出来溜达。它一生会有好几个洞穴,有的用来冬眠,有的用来避暑。子午沙鼠非常喜欢吃植物的种子,还爱寻找落在地上的种子,将它们储存起来。

爱收集种子的子午沙鼠

第四章

猎隼与石貂的传奇

扫码即可
声临其境

第一个故事是我的一个叔叔讲的，为了叙述方便，就用第一人称吧。

那是很多年前的事了。我当时在贵州某县农科所工作，后被派往大娄山区的凉风垭，担任一个科技扶贫项目的负责人。因工作努力，成绩斐然，深受当地群众的欢迎。我一直住在淳朴、热情的乐旺大叔家里，彼此相处得很好。

凉风垭地广人稀，林木丰茂，鸟兽出没。寨子里的很多人家都驯养了猎隼，乐旺家里也养了一只。它目光如电，体形瘦削，双翅长而有力，褐色的羽毛闪烁着金属般的光泽，神情坚毅。最奇特的是，它的双腿和双爪呈现鲜艳的红色，因此得名红红。懂行的人都知道，这样的猎隼千里挑一，可遇不可求。我很喜欢动物，慢慢跟红红混熟了。动物有灵性，对人的善意或恶意很敏感。红红对陌生人很凶，但对我例外，好像我们本就相识。

只要怀着善良的心，就能与动物的心相通，并且能深深感受到它们的可爱之处。

秋天到了，上级要求我对一种特有的野生松口菌进行调查，因此经常要往深山老林里钻。善良的乐旺大叔让我带上红红，可以起到保护作用。我愉快地答应了。有了红红的陪伴，艰苦的跋涉就不会寂寞了。

连续多日的朝夕相伴，使我们更加亲密了。那天我们又上了山，快到中午时，我正准备躺在一块巨石上歇息一会儿，突然红红发出警报。我一激灵，看见前面一片矮杉中一条大蛇正快速地爬过来，不注意根本发现不了，幸好被红红发现。

那蛇的个头实在太大了，起码有4米长，茶杯口粗细，鳞片乌黑发亮，它那张着的大嘴和两颗毒牙证明它决非无毒的蟒蛇，而是一条地道的毒蛇。如果没猜错，这应该就是毒蛇之王——眼镜王蛇。我的恐惧感急剧上升。听乐旺大叔说过，眼镜王蛇毒性极强，凶猛无比。寨子里死于眼镜王蛇之口的人每年都有，猎隼一般也对付不了它。

我若转身跑，眼镜王蛇定会拼命追我，根本不可能逃脱，我愣在原地，几乎吓傻了。猛听红红尖叫一声，向着眼镜王蛇俯冲下去。这是红红最让人钦佩的，面对任何强敌都不畏惧，勇往直前，从不在气势上输给对手。

红红速度极快，眨眼间，尖爪就要抓到眼镜王蛇。不料眼镜王蛇突然箭一般跃起闪开，同时在飞跃过程中张嘴直取红红的脖子，速度快得惊人。都说眼镜王蛇是草上飞，动作快如闪电，果然名不虚传。

如果红红是真扑眼镜王蛇，劲道用足，是断难躲开的。它这一扑是实中有虚，见对手反应如此之快，它立即摆头直插天空，让眼镜王蛇扑了个空。第一个回合几秒钟内结束，双方打了个平手。不知不觉间，我已冒出一身冷汗。

生性好斗的眼镜王蛇毫不畏惧，竖起上半身，吐着信子，气势汹汹，严阵以待。红红又进攻几次，均无从下手。一般的毒蛇比较小，红红可以一把抓住它的脑袋，提起来摔死。但眼镜王蛇实在太大了，体重约有六七千克，而红红身子很轻，体重不超过两千克。就算红红能抓住它，但它肯定拼命挣脱，弄不好会把红红缠住。它的毒液毒性强，量又充足，被它咬了，后果不堪设想。

我心疼红红，真想让它放弃。但此刻红红羽毛炸起，连声嘶叫，已经完全进入战斗状态。在一棵银鹊树上稍息片刻后，它再次扑向眼镜王蛇。在所有猛禽中，猎隼是飞翔速度最快的，还没容我看清楚，红红已在眼镜王蛇的尾部狠狠啄了一下。等眼镜王蛇扑过来，红红已腾空跃开，趁势又抓向它的背。双方短兵相接，激烈地厮杀起来，如此惊险绝伦的场面真是惊心动魄。

红红离蛇嘴始终很近，等于在死亡边缘飞舞。它接连得手，不过也露出了明显的破绽，被眼镜王蛇一口咬住翅膀。我大吃一惊，惊叫起来。刚才真应该阻止它。多亏红红翅膀极长，眼镜王蛇只是咬到了羽毛梢，并未咬到肉上。它迅速挣脱了毒牙，又飞起来。

我急得又喊又叫，让红红别再进攻。不料，已处于疯狂状态的眼镜王蛇扑跃几下，找不到对手，竟翘头冲我游过来。我们相距不过几十米，山路极崎岖，这让我举步维艰，而对它的爬行却很有利。我已经暴露，很难逃脱，正在惊慌间，红红迅速扑过去，阻住了它的前行。眼镜王蛇杀气冲天，愈战愈勇，再次咬中红红的翅膀。而令我惊诧万分的是，红红竟表现得无所谓，在不长的时间里，多次犯同样的错误，被接连咬中翅膀。我呆呆地望着那一幕幕，身子不由自主地战栗。

红红羽毛上沾满了毒液，潮乎乎的，飞到了附近的杉树上。看着它没事，我突然有些明白了。原来，极度兴奋的眼镜王蛇一用牙咬，必然会喷出大量毒液，它反复咬红红的翅膀，毒液已喷得差不多，很难在短时间内恢复。即使有，量也不多。红红是用高难度动作故意诱骗眼镜王蛇释放

毒液。

果然眼镜王蛇有些晕头转向，元气几乎耗尽。红红没给它喘息的机会，以雷霆万钧之势，再次俯冲过去，用带钩的尖嘴猛烈地捣眼镜王蛇的头顶，捣出一个深坑。几乎与此同时，红红的爪子又是一阵猛抓。眼镜王蛇陡然遭受重创，彻底傻了，等它拼死反攻时，红红已经逃开。它疼得在地上直翻滚。

眼镜王蛇已基本没有毒液，红红不再怕它，攻击完它的头又攻击尾，让它首尾难顾。眼镜王蛇伤痕累累，威风扫地。最后眼镜王蛇一动不动地在地上缩成一团。真是不可思议的胜利，红红太伟大了！它智勇双全的进攻，令我佩服得五体投地。红红真是优秀的猎隼！

红红翅膀上沾了很多毒液，为防不测。我忙带它到泉水中小心翼翼地清洗。红红累坏了，我也很累，于是在近旁一块干净的石头上坐下来歇息。我把红红抱在怀里，不断地为它擦着羽毛。红红像个乖巧的孩子，闭着眼睛，任我摆弄。

经验欠缺的我此时犯了一个致命的错误，不该在这里停留，因为旁边就是眼镜王蛇的窝，毒蛇不可能只有一条。

大约十几分钟后，我隐约觉得身后的草丛传来异样的声响，一阵阴风刹那间直逼脑后。我大骇，还没等我转身，红红已经听到，骤然从我怀里跃出，向后蹿去。

我蓦地回头，眼前的一幕令我几乎昏厥：一条比刚才那条更大的眼镜王蛇已呼啸而至。它一口咬住了红红的身子。毫无疑问，它刚刚返回来，一见敌人入侵，怒不可遏，立即发动突袭。它猛烈的扑咬用出了全身的力气，想一下把我咬死。红红发觉后，已经太晚。猝不及防间，它奋力向前用身子挡住了毒蛇的大嘴，没有丝毫犹豫。

红红虽身陷蛇口，但仍在拼死抵抗，对着眼镜王蛇又抓又啄。但很快它不动了，因为毒液已经扩散。我容不得多想，举起随身携带的木棍打向眼镜王蛇。它想咬我，但上下颚被红红死死抠住，无从下口。我疾风骤雨般击打着眼镜王蛇。

眼镜王蛇吐出红红，挣扎着爬走了。

我抱着红红的尸体，失声痛哭，泪如泉涌。真希望这只是个噩梦。我盼望自己突然惊醒，盼望红红依旧在天空翱翔。然而，红红再没醒来。

我抱着红红，真不知自己是怎么回的家。大叔听完我的哭诉，也感慨万千，说："那两条蛇是一对，你们杀了一条，另一条回来报仇了，要跟人拼命。这红红竟为了救你，把自己送往蛇口，我这大半辈子还没听说过，好猎隼哪！"

我们把红红葬在屋后的一棵红花木莲树下。红红活着的时候，经常在这棵树上嬉戏。正是花开的时节，凝望满树绚烂的花朵，我多么希望红红出现，与我共享这美丽的春光。不久后，我回到县城，后来又到了省城。每到红红的忌日，我都要回一趟山寨，为红红祭奠。红红虽是动物，却教我懂得了勇敢和爱，使我受益终生。

那年的8月，为了考察雅鲁藏布江的支流察隅河的发源地，我随一个科考队到了西藏的察隅县。察隅河的上游叫桑曲，形成于横断山高峰间，要想找到确切的源头，必须徒步寻找。为此，我们把营地扎在了海拔3000多米的高山上。

一天，一名队员得了急病，必须要下山到县城去取药，队长把这个任务交给了我。临行前，他嘱咐我要多加小心，注意安全，快去快回。那年我26岁，血气方刚，拍着胸脯答应了。

清晨，我带上必要的装备，匆匆下山，走得很快。中午吃过干粮，继续前进，到了一个山谷，这里的植物很茂盛，别有一番景象。正走着，突然听到一阵凄厉的呻吟声，还有另一种奇怪的叫声，像小孩发出的。我吓了一跳，毛骨悚然。我定定神，四处张望，并没有什么，于是继续前进。那呻吟声越来越大，我不由得停下来仔细寻找。

很快，我找到了目标，原来在右侧的灌木丛中。我慢慢

向里走了一段，发现树下有两个动物，声音就是它们发出的。它们身体约半米长，大尾巴很蓬松，头部淡褐色，背部灰褐色，有点像紫貂。我松了口气，认出那是两只石貂，是高原上的一种小型动物。我大叫一声，想把它们惊开。稍大的一只听到后立刻警觉地跳到一边，但另一只没动，仍在呻吟。仔细看，原来它被套子套住了脖子，正在使劲挣脱。套子是活的，它越动就会越紧。它快晕了，估计用不了多久就要被活活勒死。

一定是可恶的盗猎者干的，太残忍，太没有人性了！如果我不救它，它必死无疑。一名科学工作者的良心促使我走了过去。大点的石貂退了几步，仍不逃跑，向我发出愤怒的叫声。它大概把我当成盗猎者了，刚才它是想帮同伴逃脱。根据我的经验判断，这两只石貂很可能是一对夫妻。看那架势，如果我贸然向前，那只大点的石貂会和我发生冲突。虽然它们很小，但也是食肉动物，并且弹跳力惊人，一样能抓伤或咬伤我。于是我根据一个动物专家讲过的方法，慢慢蹲下身，向前移动，并说着话。

石貂果然是聪明的，从它那滴溜儿转的小眼和酷似人的表情就能看出。它似乎读懂了我的善意，把我和凶恶的盗猎者区分开来，没有向我进攻，也不再恐吓性地大叫。我继续慢慢靠近，终于到了那只石貂身边。我外表平静，其实内心十分紧张，如果那只石貂突然向我进攻，我会十分被动。但为了救树下那只小的石貂，我豁出去了。

万幸，那只大石貂一直没动。我慢慢把手伸向小石貂脖子上的套子，把套子松开取下，当时真的很有成就感。做完这些后，我判断小石貂应该还能缓过来，于是立即向后退去。

退了十几步，我长出一口气，终于大功告成，并且平安无事。那只大石貂跳到小石貂的近前，又推又舔又叫。过了一会儿，小石貂竟真的醒过来，挣扎着从地上站起来。我微笑着向它们挥手。不管它们能不能懂，我依然十分喜悦和满足。但是，在大石貂看我的眼神里，我分明觉得，它懂了，明白是我救了它的伴侣。那种眼神与寻常是不同的，很专注却不是咄咄逼人的感觉。

我更加高兴，不停地向它们挥手并说着话。过了一会儿，我转身继续赶路，心情一直很愉快，不由得哼起了歌。

由于沉浸在喜悦中，我没太注意脚下。离开两只石貂也就是百米远时，我突然感觉脚下踩空，如天旋地转般，身子向下坠去。脑子里一闪：坏了，踩到陷坑了。但已经无济于事，整个人掉到了陷坑里。我浑身疼痛不已，好在有所准备，没摔骨折。我立刻起身向上望，我的天，有好几米深，洞壁光滑，我试了试，不可能爬上去。我当时很惊慌，不由得高喊：“救命！救命！”

喊了十几分钟，没有动静，这个地方几乎不可能有路过的人。只可能有挖陷坑的人，他们一般不是好人。我的口和鼻进了不少土，嗓子哑了，靠在坑壁，两眼发直。队长交给我的任务难以完成，怎么办呢？我恨不能长出翅膀飞出陷坑。

突然，我发现坑上有影子一闪，定睛一看，原来是两只石貂跑来了，正站在坑边往下看，小眼睛里充满不解和焦急，并不时唧唧叫着。我能明白它们的善意，它们一定想帮我，但它们那么小，又怎么能救我呢？不过我的心中很温暖。我强打精神，对它们笑了一下，并挥了挥手。它们还是不解地对我叫。

这时，远处传来一种奇异的声音，两只石貂转身跑了，紧接着好像还传来了打斗和撕咬的声音。我听得满腹狐疑，知道不会是什么好事。

几分钟后，上面的叫声和追逐声远去，但是很快，又好像有什么东西返回来了。我紧张万分，抬头望着上面，真希望有人来救我。

一个黑乎乎的大脑袋冷不丁出现在坑口，那大嘴和尖牙吓得我大叫起来。太倒霉了，是一头黑熊。它见了我，也很吃惊，禁不住往后退，但过了一会儿又回来，盯住了我。它已经明白我像猎物一样囚于坑中，对它是构不成威胁的。它张着大嘴围着坑直转，甚至有口水流下来。估计它相当饥饿，对食物有着疯狂的渴望。

我几乎吓傻了，真是祸不单行。本来逃生的希望就很渺茫，现在死亡的威胁更逼近了。黑熊虽然不如虎、豹那么凶猛，但对付一个赤手空拳的人是没问题的，更何况我现在不但没有还手能力，甚至连行动能力也没有，就在人家嘴边不能动弹。我经历过很多被动和恐惧的事情，但从来没像这次这样严重和不可思议。

好在陷坑很深，黑熊知道下来了就上不去，最终也会成为猎物，所以只在上面转悠。我对着黑熊大叫，想把它吓跑。我要让它知道，它敢下来，我就跟它拼了，谁能取胜还不一定呢。我自以为很勇敢、很聪明，心理素质好，其实犯了一个致命的错误。我当时的正确做法应该是：立即躺下装死，最好做得逼真些，那样黑熊就很可能放弃我，另觅食物。而我在坑里大喊大叫，只能证明我很健康，我的肉很好吃，黑熊会不惜一切代价吃掉我。

黑熊终于离去了，我以为它是被我震慑住了，心中不免有些得意。只要坚持住，等人来或队里来人救我，我就能获救。决不能放弃，最后的胜利一定会属于我，我不断给自己

打气。

十几分钟后，上面传来拖地的声音。我更加疑惑，盯着上面。却见黑熊又回来了，它望了望下面，就叼着一根碗口粗的枯树往下放。很快半棵树进入坑中了。这是什么意思？黑熊是来救我的吗？

我转念一想，从黑熊刚才的表现看，它怎么可能这么慈悲？一定是它想顺着树爬下来吃掉我。没错，黑熊眼中的凶光越来越重。决不能让它得逞！我两手抓住大树拼命向上推，黑熊使劲向下放。我哪里有它劲大，眼看树整个放下来了，黑熊很快就会猛冲下来。

我的大脑一片空白，仿佛已经看到死神狰狞着逼近。我不由得再次狂呼："救命呀！救命呀！"

千钧一发之际，突然一声尖叫传来，紧接着黑熊惨叫起来，扔下树向后跳。毫无疑问，是有什么东西突袭了黑熊，并对它造成创伤。太好了，太及时了，苍天有眼。

上面的打斗撕咬声很激烈，我边听边思索是什么来救我。当我摸到身边的树干后大悟：我能出去了，还愣着干什么？我立即顺着靠在坑边的树干往上爬。求生的本能使我很快爬了上去，出了陷坑，重见天日，真是太激动，太喜悦了！真有死而复生之感。

十几米外，黑熊上蹿下跳，正在跟什么动物过招。定睛看，原来是两只石貂，就是一小时前我救的那两只。刚才它们把我救了，真是奇迹！它们太有灵性，太可爱了！知恩图报，不简单。

石貂身形十分矫健，牙齿也锋利，能与黑熊周旋一阵，但时间长了怕是吃不消。重获新生的我已经变得十分果断、勇敢。我趁黑熊只顾与石貂交战，快步冲上去，举起藏刀，在它屁股上砍了一下。这一下砍个正着，黑熊发出撕心裂肺的惨叫，转身想向我反扑，却已经站立不稳，在地上打起滚来。我也不想要它的命，见状急忙往后撤退。两只石貂也跑开了。

黑熊痛苦地挣扎了一会儿，已经无力进攻，气呼呼一瘸一拐地逃走了。

终于胜利了，我看了看表，是下午3点17分。两只石貂仍在远处望着我。我的泪水流下来，短短两个小时，我们成了朋友。我向它们挥手，并把一些香肠扔给它们。它们津津有味地吃起来，吃完后，就转身离去了。如果不是有任务在身，我真想跟它们多待一会儿。我真切地感受到，它们有灵性，有思想，像两只小精灵。

已经耽误不少时间，我抖擞精神，跑步前进，终于在天黑前赶下山，并在同事的护送下，连夜上山，挽救了同事的生命。

这时我才对同事们讲起路上发生的事。他们都睁大眼睛看着我，觉得不可思议。有人甚至说："你是太累，又是独行，出现幻觉了吧？"我笑着说："一切都是真的，就发生在我的身上。我救了石貂，它们又救了我的命。我会永远记住它们！"

高空直升机——猎隼

在旷野和山地，常常可以瞥见猎隼一掠而过、搏击长空的英姿。每当发现地面上的猎物时，猎隼总是先用像直升机一样可以减少阻力的狭窄翅膀飞行到猎物的上方，占领制高点，然后收拢双翅向猎物猛冲过去。

别名 | 猎鹰、兔虎、棒子

种类 | 鸟纲隼形目隼科

体长 | 28—78 厘米

体重 | 0.5—1.2 千克

分布区域 | 中国和中欧、北非、印度北部、蒙古

◎**出没地带**

内陆草原和丘陵地区

◎**最喜欢的食物**

中小型鸟类、野兔、鼠类等

◎**保护级别**

濒危物种、国家二级保护动物

别名 | 岩貂、榉貂、狸狐等

种类 | 哺乳纲食肉目鼬科

体长 | 43—46厘米

体重 | 约1.5千克

分布区域 | 欧亚大陆

◎出没地带

多岩石的山林或开阔的草原和黄土沟谷地区

◎最喜欢的食物

鸟、鼠等

◎保护级别

濒危物种、国家二级保护动物

“扫雪”的石貂

石貂头部短而宽，躯体细长，四肢显短，尾长约30厘米，圆筒状，尾毛蓬松，形状好似一把扫帚。当它在雪地上行走或奔跑时，就仿佛在扫雪一般。

第五章

褐马鸡大战黄鼠狼

扫码即可
声临其境

我曾在河北蔚县小五台山自然保护区工作，那里是以保护国家的珍稀鸟类褐马鸡为主的。褐马鸡的形象被设计成中国鸟类学会会标。褐马鸡还被选为山西省省鸟，被誉为“东方宝石”。入夏，我天天上山为褐马鸡投放食物。有了充足的食物，它们才能从容地在灌木丛中隐蔽，避免暴露而遭捕捉或误食毒饵。

一天，我又背上一袋杂粮离开保护站上山了。走了很长一段山路，我已汗流浃背，但心情舒畅。渐渐到了人迹罕至的山麓，这里正是褐马鸡频繁出没的地方。我把杂粮均匀地撒在灌木丛的边缘，然后躲到一边大声吆喝。不一会儿，一只只褐马鸡就钻出来了，慢慢地走过去吃食。

褐马鸡是很漂亮的禽类，野生的更美，全身浓褐色，头和颈为灰黑色，尾羽十分特别，基部呈银白色，闪烁着紫蓝

色的金属光泽，羽枝披散下垂，如蓬松的马尾。它两腿强劲有力，健勇善斗，性情机警凶暴。当它受到惊吓向密林快速奔跑时，好似一匹狂奔的骏马，因此得名“褐马鸡”。它们白天在灌木草丛间活动，夜间栖于大树杈上，多为群居，在食

物不足的时节容易遭到捕猎。早在汉朝时，皇帝就选用褐马鸡的羽毛装饰帽子，奖给立功的将领，希望他们能像褐马鸡一样英勇善战。

看着一般人很难见到的褐马鸡欢快地吃着食物，我由

衷地感到高兴。我遐想着如果人类和动物都能和平相处该多好，那该是怎样的一种和谐美妙的景象呢？由于连日来比较辛苦，而此刻心情得到了放松，我竟有了些睡意，慢慢地打起瞌睡。

大约睡了40分钟，我隐约闻到一股奇怪的气味，但睡魔依然控制着我。后来，这气味越来越重，身边还有异样的声响，附近的褐马鸡也发出了报警的鸣叫。我忙睁开眼，想翻身坐起。出乎意料的是，我身上麻酥酥的，还有种说不出的感觉，竟然无法坐起。我大惊，拼命想动，却动不了。这究竟是怎么回事？

向周围看，也没什么东西接近。我有了一种不祥的预感，自己很可能中毒了。但究竟是怎么中毒的，根本想不起来。

既然坐不起来，我索性躺在地上。没过几分钟，身边又传来异样的声音，是有什么东西在逼近我。难道有毒蛇？我顿感毛骨悚然，忙用胳膊支撑起身子。定睛看，原来几米外有几只动物。它们全身棕黄色，眼睛放光，张着嘴，露出尖利的牙齿。我躺着，感觉它们的个头相当大，有半匹狼那么大。

我认出来了，这是几只黄鼠狼，长着蓬松的大尾巴。据我所知，它们虽然体型较小，却很凶猛，是纯粹的食肉兽，主要捕食鼠类和兔类等。这种小兽带有一些神秘色彩，平时很难见到。黄鼠狼的肛门边有臭腺，危急时可喷出一种成分特殊的臭气来自卫。

我感觉自己刚才闻到的气味很可能就是黄鼠狼喷出的臭气。也就是说，刚才那几只黄鼠狼已经接近过我。由于其身形细长，动作轻盈，浅睡中的我竟毫无觉察。就是它们的臭气让我全身麻木，出现类似中毒的症状。只是它们为什么要这样做呢？黄鼠狼是极少直接攻击人的呀！

它们离我越来越近，眼看不到两米远了，我看出了它们眼里的杀机，不能坐以待毙。

“呔！”我竭尽全力大叫了一声，想把它们吓跑。这一招果然有效，机警的黄鼠狼立刻跑到旁边的草丛中了。

可惜的是，我依然不能动弹，心中焦急万分。过了一会儿，那几只黄鼠狼又出现并逼近了。我又叫了一声，但这次狡猾的黄鼠狼只是退了一段距离就停下，并继续盯着我看。

黄鼠狼虽然体形不大，但生性残忍，胆子大，杀伤力强。我全身都冒汗了。周围不可能有人来，眼下只能靠自己，我要合理运用体力与它们周旋。

终于，一只黄鼠狼发起攻击，飞快地咬了一下我的小腿。我感到钻心般疼痛，惨叫了一声，竭力抗争。那只黄鼠狼一下就跳开了，但没过几秒钟，又有一只黄鼠狼来咬我的脚。它们已确信我没有反击能力，全面攻击一触即发。

千钧一发之际，耳边传来一声吆喝，并像刮起了一阵旋风。我定睛一看，原来是一只个头很大的雄性褐马鸡跑了过来。它的步幅很大，昂首挺胸，气势汹汹，令人惊惧。它的目标是那几只黄鼠狼。

黄鼠狼是不怕褐马鸡的，所以见状并没有后退几步。褐马鸡冲到近前，使劲向一只黄鼠狼啄去。那只黄鼠狼吓得一下子蹿起来，其余的黄鼠狼也一时被唬住了，向后退去。我的危险暂时解除，不由得松了一口气，对眼前的这只从天而降的褐马鸡充满了感激。

这只褐马鸡对着我发出“咕咕”的叫声。我也应答着，向它表示谢意，想起口袋里还有一些花生米，忙费尽力气掏出来扔给它。看到它吃起来，我的心里美滋滋的，我想也许这只褐马鸡真的懂人的感情呢！

那几只黄鼠狼并没有善罢甘休。它们见对手只有一只褐马鸡，便又瞪着眼悄悄逼近。我正要大叫，两只黄鼠狼突然一跃而起，蹿到了正在吃花生米的褐马鸡身上。它们张着大嘴，咬向褐马鸡的脖子。如果被咬住，这只褐马鸡就完了，将很难摆脱险境。我惊叫起来，但褐马鸡反应极快，尖叫一声，猛地晃动身躯，把两只黄鼠狼甩掉了。其余的黄鼠狼一拥而上，一起围攻褐马鸡。褐马鸡毫不畏惧，大战这群

黄鼠狼。它刚才只是想把黄鼠狼驱赶走，现在这群黄鼠狼竟敢痛下狠招，欲置它于死地，可真把它逼急了。它狂鸣着猛啄群敌，当场把几只不知深浅的黄鼠狼活活啄死了。它的威力可见一斑，我既惊奇又喜悦。曾听说褐马鸡威猛善战，能战胜狼和狐狸，但一直不太相信，今天算是开眼了。

但被啄死啄伤的都是比较年轻的黄鼠狼，战斗经验不足，那几只老黄鼠狼并没有受伤，它们巧妙地避开了褐马鸡的啄击，瞅准空当发起偷袭。褐马鸡虽然骁勇善战，但毕竟势单力薄，总有顾及不到的地方，身上连连负伤，鲜血渗透出来，把羽毛都染红了。我看着心疼极了，真想上去帮忙，但身子依旧不能动弹。

狡猾的黄鼠狼突然开始退却，只有三只原地看守。褐马鸡想把它们都消灭，却追不上，周旋一阵后又回到我身边。它真像我的忠诚的卫士，令我发自内心地感激和敬佩。要知道，别的褐马鸡并没有赶过来参战，它独特的行为一定有某种深意。我仔细回忆自己与它们的故事，但发生的事太多了，一时想不起来。

过了大概一刻钟，褐马鸡突然发出惊叫声。我顺着它的目光望去，不由得目瞪口呆。原来又有七八只黄鼠狼赶来了，并且个头明显比刚才那几只要大一些。它们聚在一起，“吱吱”叫了一阵后，就一起向褐马鸡扑去。毫无疑问，这是刚才逃跑的黄鼠狼请来的援兵。褐马鸡已经很疲惫，目前的处境极其危险。我的心猛地揪紧了。黄鼠狼的报复心极强，看今天这架势，是要凭借数量优势置这只褐马鸡于死地。

褐马鸡在刚才的战斗中就没有什么优势，力量对比悬殊，现在更不用说了。正常情况下，它会选择立即逃走，一个冲刺就能钻进灌木丛，跑得无影无踪。它也可以回到种群中，那样就安全了。我的心情非常复杂，真的很担心褐马鸡逃走，又觉得自己没有理由让它留下。

褐马鸡的禀性是在任何强敌面前绝不退缩，誓死战斗。它没有丝毫退却的意思，竟然迎着呼啸而来的黄鼠狼猛冲了上去。一刹那，我被它那奋不顾身、大义凛然的身姿震撼了。

一场大决战突然爆发。黄鼠狼张开尖利的牙齿乱咬一气，并不时地试图扑到褐马鸡身上。褐马鸡精神抖擞，不停跳跃、舞动，转成了一团，令我眼花缭乱。由于愤怒，它的爪子和嘴表现出极强的杀伤力，黄鼠狼一旦被击中，必定会遭到重创。

我生怕褐马鸡会突然倒下，只因它时有鲜血涌出，而它的大部分羽毛已染成红色。黄鼠狼更是几次跳到它背上，虽然被它竭力挣脱了，但它的背部留下了可怕的伤口。

疯狂的黄鼠狼再次停止了攻击,一起向后退去,有的叼着受伤的同伴,火速撤离了。战场蓦地安静下来,只留下几具黄鼠狼的尸体。英勇的斗士褐马鸡遍体鳞伤,却依然昂首站立。根据我对动物行为的了解判断,黄鼠狼应该是认输了。它们很聪明,知道再激战下去虽然可能取胜,却要付出惨重的代价。那只褐马鸡一定会战斗到生命的最后一刻,它们犯不着为了一次战斗让自己团队的伙伴损失这么大,甚至全军覆没。

褐马鸡胜利了!我的内心从没像此刻这般被深深触动。

我的肢体感觉渐渐恢复,也可能是我的意志战胜了身体的麻木,我拼命向褐马鸡爬去。它没有躲闪,任我抱住了它。我的泪水夺眶而出。我对它不停地说着:“谢谢你!我的朋友。”它竟然倒在了我的怀里,体能已经接近极限。胜败只是一线间,如果它早一分钟倒下,黄鼠狼就不会撤退,结局难以想象。

毒性终于消散,我的身体恢复了。我立即抱着褐马鸡下山,回到管理站。我的同事给英雄褐马鸡进行了治疗。同事说,它恐怕不行了。但我强烈要求:必须全力治疗!决不能放弃!在大家的共同努力下,褐马鸡终于战胜了逼近的死神。

我每天细心地照料着它,一个月后,它终于康复了。虽然身体留下了很多伤疤，但勇敢的它竟然很快又回到了自己的族群中，过着正常的生活。我每次上山，都特别关照它。

讲到这里，也许朋友们会说：“这不是很离奇吗？为什么那么多褐马鸡都没动，就它拼着命救你？”对此，我也迷惑过，但已有了答案。原来，出事前的几个月，我们就有过接触，我还算救了它的命呢！褐马鸡每年3月繁殖，每到那时，雄鸟为争夺配偶殊死搏斗，胜者就可以带着心仪的雌鸟离群到隐蔽处成家，在密林中占巢产卵，抚育后代。那天，我在山上观察雄鸟的战斗。一只雄褐马鸡在战斗中取得了胜利，正要带着一只雌褐马鸡离开。不料，那个失败者竟然恼羞成怒，从后面发起偷袭。胜利的褐马鸡猝不及防，被扑倒在地。那只搞偷袭的褐马鸡毫不留情，又连下狠手，使倒下的褐马鸡遭受重创，生命危在旦夕。

我见状大怒，没想到动物界也有这种无赖。我立即冲过去制止，把受伤的褐马鸡救起，并带到管理站救治。待它完全伤愈后，我才把它放了。我救助过的动物实在太多，当时正好身体僵硬、脑子发麻，所以一直没想起这件事。它应该记得我的气味，且对人类很有好感，所以才在危急时刻挺身而出。动物或许也和人一样有素质高低之分。它应该算是素质相当高的，懂得知恩图报。抑或这是生物都有的一种善的本能。褐马鸡还有不畏艰险、敌强我更强的本能，最终做出了一件堪称惊天动地、不可思议的事。

至于黄鼠狼为什么会有如此凶残和神秘的攻击行为，有待继续研究。动物的确有很多我们不知道的秘密。它之所以攻击人，我猜测有可能是因为曾经遭到人类捕杀。黄鼠狼的毛皮加工后可制成裘皮大衣，因此一些盗猎者上山用各种方式对它们进行捕杀。这是违法行为。这些黄鼠狼可能被人捕杀过，甚至有的就是从人的手中侥幸逃脱的，自然会对人产生仇恨。它们分不太清谁是谁，见我倒在地上，就放出臭气，意欲加害报复。

从这件事中，我深深懂得，人和动物是可能建立友谊的。我已经把那只褐马鸡当成我的患难之交，真正的朋友。虽然它只是一只鸟，没有名字，不会说话，看不懂我的目光，但我仍会经常去看望它，跟它说说话。我会一直珍视这真挚的友情，并因此更加热爱它的同类以及这无边无际、博大深沉的山林。

动物观察笔记

“东方宝石”——褐马鸡

别名 | 鹖鸡

种属 | 鸟纲鸡形目雉科

体长 | 1—1.2米

体重 | 约5千克

分布区域 | 中国河北省西北部小五台山、山西省西北部宁武县管涔山国家森林公园等

◎出没地带

以华北落叶松、云杉次生林为主的林区和华北落叶松、云杉、杨树、桦树次生针阔混交森林

◎最喜欢的食物

乔木、灌木和草本植物的叶、嫩茎、幼芽、花蕾、浆果、种子等

◎保护级别

易危物种、国家一级保护动物

❶ 褐马鸡的叫声

褐马鸡全身浓褐色，头和颈灰黑色，头顶有似冠状的绒黑短羽，脸和两颊裸露艳红；两腿粗壮，翅膀短，不善飞行，善奔跑；整个尾羽向后翘起，形似竖琴，十分美观、有型。觅食时，它会发出“咕叽、咕叽”的叫声；求偶时，雄褐马鸡则会深沉地“咕咕、咕咕”地叫唤。

❷ 勇猛好斗，至死不屈

褐马鸡具有不畏艰险、勇敢善斗、至死不屈的品格。我国的一些皇帝曾以褐翎制成褐冠，赠给武将，勉励他们奋勇杀敌；制成蓝翎，赐给文官，勉励他们尽忠职守。

❸ 被誉为“东方宝石”

褐马鸡是中国特产珍稀鸟类，在国际上与大熊猫齐名，可谓国宝级物种。同时，它是山西省的省鸟，形象还被设计成中国鸟类学会的会标，被誉为“东方宝石”。

第六章

白肩雕奇降大野猪

扫码即可
声临其境

十几年前，我曾在滇藏线考察过一段时间。那段经历让我对那个地方有了深厚的感情。滇藏公路全长1930千米，穿过横断山区原始森林，横跨金沙江，翻越海拔4300余米的白茫茫雪山和洪拉山。

我和同事居住的地方交通闭塞，为了丰富业余生活，我们经常在高山深谷里转。山上空气清新，还盛产各种名贵特产，每次都能有很多收获。

山上的风景美不胜收，野花烂漫，杜鹃、高山绣线菊、金露梅、委陵菜……五颜六色。我们进入植物茂密的原始森林，地上有十多厘米厚的苔藓，犹如铺上了一层海绵，软得可以在上面打滚。

有一次我们走在一片稀疏的冷杉林中，有人嘘了一声。大家知道有情况，都停住了脚步。在前面的崖壁上，赫然可见一只大雕立在突兀的岩石上。它身长约有一米，身上的羽毛大部分是黑褐色，肩部有非常明显的白斑。我认出来了，这叫白肩雕，是有名的大型猛禽之一，数量稀少，我只在书上见到过。

我是第一次如此细致地观察一只野生猛禽。它真是太美了，羽毛华丽，眼神锐利，刚中带柔，洋溢着生命的活力。从它机警的神态看，它已经觉察出有人接近。野生动物一般都很怕人，不等人来就躲远了。但这只白肩雕却纹丝不动，唯一的解释是，那里有它的巢穴，并且里面很可能有几只雏雕。它要牢牢地守护它们。

我再次仔细注视那只白肩雕，它并不知道死亡可能马上降临，依旧坚定地守护在那里，显得无比威严和坦然。我只要举起弩，轻轻扣动扳机，它就会倒下。一个如此鲜活、美好的生命就可能瞬间消失，几个更弱小的生命也可能遭到野蛮的杀戮。这无疑是一种罪行。

我对大家说："我不想杀生，也不允许你们动手。"

我们放过了那只白肩雕，又往前走，不时地回头张望。白肩雕看着我们，扑扇着翅膀，跃动了几下，依然守在那里。

中午时分，我们在一块较平坦的石地上歇息，吃了沿路采来的野芭蕉、榕树果等，无比解渴；又就着麻辣山菇、咸菜吃了些干粮。大家都很累了，席地而卧，打起了盹。

不知怎么回事，我竟越睡越昏沉，明显感觉头晕恶心，难受得不得了，想站起来，却几乎不能动弹。我以为只有自己这样，一看不远处的同伴，也都差不多的状况，王大牛还吐起了白沫。不用问，我们都中毒了。可是吃的野果都是可食用且洗干净的，咸菜和干粮也没问题，食物没有毒，那是怎么中毒的呢？

我仔细一闻，闻到了一股微甜的怪味，不像植物的味道，倒像是从地下冒出来的。仔细看身下的石头，才发现有一些细微的缝隙，古怪的气味就是从里面飘出来的。坏了，我们都中了毒气。

横断山区地热现象极其普遍，分布有众多的沸喷泉、沸泉塘、热泉、温泉、硫磺泉、放射性氡矿泉等，还有奇特的钙质泉华堆积现象。这些都是表面能看见的，还有一些很隐蔽的喷气孔。有些喷气孔喷出的气是有毒的，据说周围寸草不生，对人虽无致命危险，但吸入多了也足以昏迷。我们无疑到了一片毒气孔上方，怪不得这里这么干净，连草都没有。

当时的处境相当危险，幸亏发现得及时。我竭力呼唤同伴们千万别昏睡过去，尽量保持清醒，赶紧离开这里。但更不幸的事情发生了——随着一阵“呼噜、呼噜”的声音传来，一头大野猪从灌木丛中走出来。我从卧着的位置看它，觉得它格外庞大，估计体重超过170千克，全身黑褐色，面部青灰色，头和嘴比家猪长得多。两颗上犬齿约有10厘米长，向上弯曲呈弧形，露在唇外；下犬齿更长，约15厘米，形成獠牙，显得异常狰狞。这显然是一头成年的大公野猪。在人们的印象中，猪并不凶恶，但野猪不同，它非常凶猛，从长相上就能够看出来，外表简直比老虎、豹子还吓人。

野猪具有很强的攻击性。现在我们并没招惹它，它看上去也这么凶，竟然直逼了过来。中毒最轻的陈绍华离得最近。他与野猪对视着，被吓得够呛。不过，他以为野猪可能只是好奇过来看看，不一定想伤人。他拼命抬起手，拽起弩，想把野猪吓跑，不料这个动作彻底激怒了野猪。它咆哮了一声，冲过去，猛地撞在陈绍华的胳膊上。陈绍华惨叫一声，弩当场脱了手。野猪不依不饶，张嘴叼住他的衣服摆动撕扯起来。陈绍华吓得发出惨叫，却更加激发了野猪的兽性，很快，他的身上冒出了血。

太恐怖了！我们都想过去援助同伴，可惜身上根本没力气。再过一会儿就会轮到我们了。看来，这是一头对人类怀有仇恨的大野猪，肯定遭到过盗猎者的捕杀，侥幸逃脱，所以看到陈绍华拿起弩就跟疯了一样。不管怎样，此时它要把仇恨全发泄到我们身上。完了，我们几个凶多吉少。

就在野猪发疯般的要吞吃陈绍华的危急时刻，天空中突然飞下一个庞然大物，直冲野猪，并迅速在它背上猛抓了一下，又飞了起来。野猪的背上立刻出现了几道大血口子，鲜血直流。它疼得怪叫了一声，猛烈摆动着身子，暂时放开了陈绍华。

我们看呆了。这究竟是怎么回事？那庞然大物是一只大鸟，双翅伸展足有三米宽，细看身体和羽毛，是一只白肩雕。由于刚才观察仔细，印象深刻，我断定这就是之前我们见到的那只。事实上，是它救了陈绍华的命，简直不可思议。

野猪气急败坏，向后猛冲，想攻击从背后袭击自己的敌手。它乱闯乱撞了半天，却什么也没撞着，看上去有些可笑。在地面，它仗着自己皮糙

肉厚，优势明显，但对付空中的对手可就无能为力了。

经过一阵折腾，野猪累坏了，一屁股坐在地上呼呼直喘，想好好歇一会儿。这时，白肩雕又突然向野猪扑去，尖利的爪子伸向野猪的脑袋。野猪见状大怒，竭尽全力往上蹿，用大獠牙击打对手。白肩雕不想跟它硬碰硬，在即将触碰到的刹那又展翅飞起。野猪以为自己胜利了，开始“乘胜追击”。这次白肩雕明显比刚才飞得低，就在野猪头顶，让它感觉触手可及，却怎么也触碰不到。野猪又气又恼，怪叫着、蹦跳着疯狂进攻，样子看起来相当恐怖，可是效果一点也没有。

半小时过去，野猪体力耗尽，口吐白沫。我明白了，这是白肩雕用的巧计，先消耗掉对手的力量。现在白肩雕见时机成熟，突然发起猛烈的攻击，急速地俯冲下去。野猪还没反应过来，一只眼睛就被抓瞎了，血流如注。白肩雕的速度简直太快了，令人眼花缭乱，惊心动魄。

野猪发出杀猪般的嚎叫，又猛地蹿了一下，但随即浑身瘫软，无力抵抗。白肩雕没有给它喘息的机会，连续猛啄猛抓。很快，野猪身上布满血窟窿，惨不忍睹。最后它躺在地上，一动不动了。体重170多千克的大野猪竟被体重不足10千克的白肩雕彻底击败，这不能不说是一个奇迹。白肩雕不仅勇猛，而且具有超出人类想象的智慧。

白肩雕太厉害了，堪称威力无比的杀手。假如它要攻

击我们，那后果可太可怕了，用不了几分钟，我们就全完了。但是白肩雕显然没有攻击我们的意思，它歇息了一会儿，就从野猪身上撕下一大团肉飞走了。我们看着它的背影，感觉像做了一场梦。

我们不能在这里坐以待毙，挣扎着离开了那块光秃秃的石头，来到草地上，呼吸了一阵新鲜空气，感觉好多了。这时，那只白肩雕竟又飞了回来，又从野猪身上撕些肉飞走了。它一定是去喂自己的孩子了。它刚才费尽心机与野猪大战，也是为了自己的孩子能有充足的食物。山上的小动物并不多，很难满足它们的食欲。倒是野猪数量偏多，它便打破常规，冒着一定的风险向野猪发起挑战，无意中也救了我们。如果没有它，我们几个早就被野猪啃没了。

望着白肩雕的身影，我的心里充满感激。回到家，大家对我说："多亏了你当时没射杀那只白肩雕，我们几个才能活命。谢谢你。"

我只不过那一刻动了善念。事实上，很多野生动物都是非常有灵性的。同在一个地球上生活，它们是我们的同伴和朋友，已经带给我们很多宝贵的启示和帮助。如果所有人都能学会善待它们，让地球村更和谐、美好，那么应该是符合人类根本利益的。

动物观察笔记

忠诚的白肩雕

白肩雕全身黑褐色，但肩部有明显的白斑。科学家发现这种大型的鸟可能是世界上最忠诚的鸟类，它们属于单配性动物，即雄性和雌性整个哺育期都会在一起，共同承担养育后代的责任。

别名 | 御雕

种属 | 鸟纲隼形目鹰科

体长 | 73—84 厘米

体重 | 1.1—4 千克

分布区域 | 非洲、欧洲和亚洲

◎出没地带

山地阔叶林和混交林，草原和丘陵地区的开阔原野

◎最喜欢的食物

啮齿类、野兔、雉鸡、石鸡、鹌鹑、野鸭、斑鸡等中小型哺乳动物和鸟类

◎保护级别

易危物种、国家一级保护动物

别名 | 山猪

种属 | 哺乳纲偶蹄目猪科

体长 | 1.5—2米

体重 | 90—200千克

分布区域 | 世界各地除极干旱、极寒冷、海拔极高的地区，均有广泛分布

◎出没地带
山地、丘陵、荒漠、森林、草地和丛林间

◎最喜欢的食物
杂食，各种东西都能吃，包括草、果实、昆虫、鸟蛋、鼠、腐肉等

◎保护级别
无危物种、国家“三有”动物

公野猪要花好多时间在树桩、岩石和坚硬的河岸上摩擦身体，把皮肤磨成坚硬的“盔甲”，可以避免在搏斗中受到重伤。公野猪有两对不断生长的獠牙，受到威胁时会用獠牙当武器。

爱摩擦身体的野猪

第七章

雪崩下的黑珍珠

扫码即可
声临其境

这个故事发生在十几年前。那年8月，某市山之恋野外探险俱乐部组织了一支青年登山队，准备攀登云南玉龙雪山一座海拔五千多米的山峰。义刚和美虹是一对白领恋人，他们一直积极参与户外活动，这次他们更是请了年假前来参加这次探险。

全队几经周折，终于抵达了玉龙雪山下纳西族自治县的龙蟠乡。在古朴的街上闲逛时，他们被一种奇怪的叫声吸引，街角一个隐蔽的角落有一只小猴探出脑袋。看到它脖子上断掉的铁链，他们猜测这小猴是从别处跑来的。小猴有七八十厘米高，尾巴长达一米，通体乌黑，两只眼珠咕噜乱转，像受了伤，又像长时间挨饿，见到义刚和美虹，便像孩子般眼泛泪光。两人上网查了一下，发现这种猴子大有来头。它的学名叫长尾叶猴，是国家重点保护的野生动物。

这个小镇比较闭塞，一时间找不到警察帮忙，他们只能将小猴暂时带回酒店。

美虹像妈妈一样为小猴洗了个热水澡，又给它吃了些饼干和巧克力，这只小猴甭提多感动了。美虹和义刚不知道，这只小猴自从被猎人捉到后，虽然受到驯化学了一些本领，但那猎人没什么钱，经常让它饿肚子，有时还打它。这个新主人不仅长得又白又漂亮，还这么和蔼可亲，小猴变得格外活泼、乖巧，不到一天就和美虹混熟了。城里的宠物可没这么好玩，美虹乐得合不拢嘴，给它取了个好听的名字叫黑珍珠。

两天后，登山队准备正式登山，义刚和美虹把黑珍珠也带上了，它是一分钟也不肯离开美虹的。美虹买了件童装给它穿上，使它看上去非常滑稽、可爱，把全体队员都逗乐了。有个队员说："猴子也敢爬雪山，不怕冻烂屁股？"义刚说："这种猴能生活在海拔 3000 米以上，耐寒能力可比咱们强多了。"

活动的组织者聘请了专业的登山教练，队员的装备也都是当时最先进的，此行不是点到为止、走马观花，而是真正以登顶为目标的。到达海拔 4500 米后，有人出现了强烈的高原反应，不得不大喝红景天饮液，并拿出氧气袋吸氧。经过一上午团结一致的攀登，全体队员总算都到了海拔

5000米处。

领队下令原地休息半小时，队员们都卸下了几十斤重的背包，扔掉冰镐，在雪地上躺了下来。这里的氧气含量已不足平原地区的40%，太令人难受了。黑珍珠始终是活蹦乱跳的，与美虹形影不离，不时扮鬼脸逗她笑，使她忘却了疲劳。

由于海拔太高，这里的天空显得特别低，仿佛搭个人梯便能触碰到。那种纯净的毫无杂质的湛蓝似乎能净化人的身心。远处铁青色的顶峰在明媚阳光的照射下，呈现出奇异的神圣的反光，犹如仙界一般，令人神往。

突然，天空中飞来一只白天鹅。这么高的海拔，堪称生命的禁区，因此它显得格外醒目。领队不禁感慨，天鹅能飞近万米高，真是一点也不假。壮美的雪峰，晶莹的冰雪，再加上这美丽、圣洁的天鹅，组成了颇具震撼力的画面，队员们都纷纷摘下面罩与眼镜起身观望。有人带头欢呼起来，大家立即齐声呐喊，喊声在空旷、静谧的雪山间显得格外嘹亮。

藏族向导格桑拼命打手势制止大家，他那长年被紫外线照射的古铜色的脸庞写满惊恐。仅过了三四分钟，一阵“轰隆隆”的响声隐约传来，没有明确的方位，让人很茫然。很快，队员们看清前面雪坡上的积雪层在移动，速度越来越

快。不好！发生雪崩了！

雪崩是每个登山者都谈之色变的灾难。为什么会发生雪崩呢？原来，陡峭山坡上的积雪，同时受着地球引力和积雪内聚力的影响。地球引力企图把积雪顺着山坡往下拉，而积雪内聚力却使雪体彼此结形成厚重的积雪层，竭力抗拒地球引力。两种力平时处于一种危险的平衡状态，震动、刮风、气温变化、声响甚至影子的移动都可能破坏这种平衡，使雪崩发生。刚才队员们的齐声呐喊分贝过高，成了雪崩的导火索。

厚厚的积雪层突然从中段断裂，以惊人的加速度，沿着千米长的山坡呼啸而下。

领队立即指挥大家往地势高的地方撤退，人群顿时一片混乱，真有一种世界末日降临的感觉。

可雪崩体未到，巨大的雪崩风先到了，面向山坡的人被汹涌、猛烈的气浪冲击，当场窒息昏迷。在大自然面前，人类显得渺小而可怜。

义刚和美虹头脑比较冷静，没有慌乱躲避，因为他们深知根本躲不开。他们按照登山前领队的交代，戴上头盔，以防吸进雪而引起窒息，同时保护头部。被雪覆盖后，他们没有随波逐流，而是手脚并用，奋力做游泳状，向上移动，这样可以避免被埋得过深或撞上石头。

万幸的是，山坡下面就是一个巨大的山洼，雪崩在那里止住了。义刚和美虹被埋在了两米多深的积雪下，一直没分开。雪虽厚，但雪块比较疏松，未经压实，尚能透进些空气。两人呼吸困难，却呼唤着对方的名字。他们努力移动着，终于两个人紧紧地拥抱在一起。

“我好闷，好闷……”美虹大口吸气，非常痛苦。里面的空气越来越少，时间一长，根本不足以维持两个人的生命。

“你别动，要冷静，美虹。”义刚说着，凭感觉向上掏雪，可要把这么厚的积雪全掏开太困难了，没过几分钟，他就喘得受不了，头疼如针扎。

“我们会死吗？”美虹搂着义刚说，“我好害怕。”

正当他们濒临绝望之际，身边挤过来一个小东西。美虹发觉是黑珍珠，心中一阵惊喜。

“黑珍珠，快想想办法吧，我们快憋死了。”美虹摸着它的头说。

黑珍珠像是听明白了，立即向雪层上钻去。它身子轻，耗氧低，钻得特别快。

“让黑珍珠快出去吧。”美虹默念着。

黑珍珠果然是好样的，不消十几分钟，便钻到了积雪层上面，马上有光线透进来，空气也流通了。义刚和美虹激动得像孩子一样哭起来。

多么有灵性的猴子呀！本来他们已经绝望，这下身上有了无穷的力量。“坚强些，我们一起挖雪吧，你看黑珍珠多勇敢，多懂事！”义刚对美虹说。

美虹点头，两人相互鼓励着，一齐向上挖起来。

掏下的雪就垫在脚下，虽然还是有积雪不断地往他们挖出的洞里灌，可他们一刻也不敢停，怕一停下来就没有力气继续挖了。高寒和缺氧使他们处于忽而亢奋忽而麻木的极端状态。

经过两个小时的拼搏，在黑珍珠的帮助下，义刚和美虹终于重见天日。

美虹一把抱住浑身湿漉漉冻得发抖的黑珍珠，激动地说：“谢谢你救了我们！”

两人丝毫不敢停留，马上进行救援，好不容易救起了几名被埋得较浅的同伴。天快黑了，他们没敢在雪山上停留，连夜下山，向有关部门求救，总算救下了所有的人。

经过这件事，美虹和义刚本来打算不惜一切代价把黑珍珠带回家，让它永远陪伴在身边，但听人说长尾叶猴只适合在高原生活，只好放弃了。最终，他们按照之前的决定，把黑珍珠放归山林。人类也许能给它提供优越的生活条件，但并不一定是它需要的，也不一定能让它幸福和快乐。美丽而纯净的大自然才是它真正的家，真正的乐园。临近分别，美虹和黑珍珠难舍难分，泪如雨下。过了许久，黑珍珠才恋恋不舍地奔向了大森林。

“我们也许永远见不到黑珍珠了。”美虹说。

“可它永远会在咱们心里。”义刚说。

真想知道那些轻视野生动物或喜欢食用野生动物的人看了这个故事会有什么感受。真的希望我们每个人都能学会爱护动物，善待动物。

动物观察笔记

尾巴比身子还长的长尾叶猴

成群结队的长尾叶猴多半在晨昏时出来觅食。它们非常灵敏，能在地面和树上跳跃着移动。每只成年的雄性长尾叶猴会有多个妻子，它们组成一个小的群体，相互整理毛发，相互照看彼此的幼崽。

别名 | 喜马拉雅山长尾叶猴

种属 | 哺乳纲灵长目猴科

体长 | 约70厘米

体重 | 约20千克

分布区域 | 印度、尼泊尔、斯里兰卡、中国西藏

◎出没地带

热带雨林、亚热带常绿阔叶林或针阔叶混交林

◎最喜欢的食物

树叶、野果和某些昆虫及脊椎动物

◎保护级别

濒危物种、国家一级保护动物

高原上小心翼翼的黑颈鹤

别名 | 藏鹤、雁鹅、黑雁、干鹅

种属 | 鸟纲鹤形目鹤科

体长 | 110—120厘米

体重 | 4—6千克

分布区域 | 中国、印度、越南等

◎出没地带

海拔2500—5000米的高原沼泽地、湖泊及河滩地带

◎最喜欢的食物

植物叶、根茎、荆三棱、块茎、水藻、玉米、砂粒等

◎保护级别

濒危物种、国家一级保护动物

黑颈鹤是大型涉禽，全身灰白色，颈、腿比较长。头顶上的红色皮肤，在阳光下看去非常耀眼，到求偶期更会膨胀起来，显得更加鲜红。繁殖期的黑颈鹤到达目的地后会特别警惕，一直在空中盘旋，直到它们认为安全了，才会慢慢下落。配对成功后，夫妻会一起活动。

第八章

雪原惊魂记

扫码即可
声临其境

那年冬天，我到黑龙江大兴安岭旅行，正踏着滑雪板在雪原上前进，意外地遇见了一位老护林员，于是聊了起来。他很健谈，我们聊得十分投机。他姓张，我叫他张叔。他在绥棱林业局二道河林场干了十几年，由于树木越砍越少，国家开始全面禁伐天然林，他被安排在山上当护林员，可长年累月住在深山里难免有点孤独。他邀请我到他家里做客，我欣然答应了。

在他家吃过晚饭后，我问他："张叔，大兴安岭最稀罕的动物是什么？"

"那当然是貂熊啦！"他告诉我貂熊也叫狼獾，生活在我国大兴安岭，数量非常稀少。它长约一米多，披着浓密的毛，头部很像狼，嘴岔又长又深。它强壮的身躯介于黑熊和狗獾之间，蓬松的大尾巴又与紫貂一模一样，所以有人叫它

“四不像”。它虽然长得怪，但极其聪明，深谙人性。猎人中流传着许多关于它的神奇传说。

“那您见过貂熊吗？”我睁大眼睛问张叔。

张叔喝了一口酒说：“当然见过。两年前，有一次我在外面巡视了一天，深夜回家，发现一大块腊肉被偷吃了，我猜想可能是貂熊干的。因为它喜欢跟踪猎人，也只有它敢到人的家里偷吃东西。而且那段日子常听村民说起有貂熊在附近活动。我并没放在心上，觉得它应该是实在找不到食物才这么干的。于是我下山时又带了一些食物上来，没过几天它又来偷吃了。换了别人，早急眼了，可我没有，又给它带食物上来，可这回它却没再光临。过了十多天，一天清晨，我发现门口放着一只死狍子。又过了几天，门口居然多了两只赤狐，皮毛还很完整。我猜想肯定是那只貂熊干的，它在报恩。这家伙还挺有良心。几天后，我们终于见面了，我发觉它悄悄跟着我。我一回头，它也不躲。那是我第一次亲眼见到貂熊，算是开了眼。它真够老的，毛有些发白，冲我‘嗷嗷’叫着，一双机灵的眼睛好像会说话。我高兴坏了，跟它对视了好半天，它才肯走。打那以后，我们经常碰面，我跟它说话，它就冲我叫，好像能明白我的意思。我赤手空拳在林子里走，再也不用担心，因为有它保护我。别看它个头不大，但是力大无比，又聪明，厉害得很，林子里的动物都怕它。”

“真的是太神奇了！貂熊成了你的保镖啦！”我说。

“是呀，自从交到貂熊这个朋友，我感到格外舒心，几个月不下山也没关系。说老实话，动物其实啥都明白，你对它好，它就对你好。以前的人天天砍树，动物都躲得远远的，真是太不应该了！”张叔抿着酒继续说着。

张叔跟我说完这个故事的第二天，来了两个客人，看上去也就30多岁。他们自称是市摄影家协会的，要到山上拍野生动物，一个叫小李，一个叫小于，向我们出示了证件。他们说话十分客气，我和张叔就热情地接待了他们。这两人也挺大方，拿出来几瓶好酒。他们一个劲儿地跟我们打听山上稀罕的事，张叔喝得高兴，就把貂熊的事也和他们说了。两个人听了，眼睛咕噜转着，央求张叔一定要带他们见识见识，酒醉的张叔双颊通红地答应了。我正好也想借机开开眼。

天刚亮，我们就被小李和小于吵醒。吃罢早饭，我们便踏着滑雪板向老林子中滑去。积雪没膝，没有滑雪板寸步难行，好在我们几个滑雪技术都不错。在高大的松树林中滑行半个小时后，张叔观察着地上的脚印，兴奋地吆喝了几声。只见几棵松树上的积雪簌簌直落，片刻间，一团深褐色的身影降落在不远处的雪地上，张叔马上扔过去一块冻肉。

BIC

冬天猎物非常少，貂熊饭量非常大。张叔经常接济它点吃的，知道它住哪里，一叫它就出来。

貂熊见多了几个生人，显得很警觉，不敢吃肉。张叔笑着说了半天，貂熊依旧不敢过来。小李和小于可没闲着，取出相机，争分夺秒地拍摄起来，生怕貂熊会瞬息消失。过了几分钟，那貂熊突然张开大嘴，向我们猛扑过来，眨眼间已到近前。小李和小于吓得脸色大变，手忙脚乱，张叔也颇感意外。没等我们反应过来，那貂熊忽地跳起两米多高，飞身从我们头顶越过。

我们不约而同回头，只见一头黑熊正向我们冲来，相距已不足30米。它瘦骨嶙峋，一看就是在冬眠中惊醒的。这时的黑熊攻击性是最强的，一心只想着大吃一顿。尤为令人后怕的是，它居然一声不吭，准备来个突然袭击。

却见貂熊径直迎着黑熊冲过去，片刻间，便与它撕打在一起。多亏它及时发现了险情，并挺身上前制止，否则我们几个非得被黑熊生吞活剥不可。

貂熊动作异常迅捷，转瞬间，就把黑熊抓了个满脸花。黑熊气急了眼，发出凄厉的怪嚎，猛烈地挥舞着熊掌。貂熊不想跟它硬碰硬，向侧面逃去。黑熊吃了大亏，岂肯善罢甘休，抻脖子，瞪眼睛，在后面紧追不舍。貂熊跑到一棵大树下，突然不动了。黑熊以为它跑不动了，气势汹汹地猛扑过去。眼看着黑熊越来越近，貂熊仍是一动不动。

黑熊眼见胜利在握，抡起巨掌，猛击过去，准备一下把对手拍死。我们眼睁睁看着熊掌拍了下去，只听一声巨响，这掌只是拍在了粗大的树干上，貂熊已闪电般蹿到了树上。树干被拍得剧烈摇晃起来，积雪扑簌簌直往下掉。熊掌再硬也是肉长的，黑熊疼得大声呻吟起来。都说黑熊视力不佳，果然如此。

这时，貂熊从容不迫地跳到黑熊的背上，张开大嘴，一下咬住了它的脖颈。黑熊当即疼得狂叫起来，四足狂舞。很快，黑熊便瘫在了地上，原来，貂熊已活生生把它的颈椎咬断。我之前知道能够一口咬断黑熊坚硬颈椎的只有东北虎，连金钱豹都做不到。黑熊又抽搐了一会儿，便一动不动瘫倒在地了。

貂熊的神勇令小李和小于激动得大叫起来，张叔也笑容满面，眯起了眼睛。可就在这时，小李在小于的掩护下，突然从怀里掏出一支微型麻醉枪，对准貂熊的后背开了一枪。貂熊毫无察觉，针头一下扎在它的背上。它瞪大眼睛，吃力地回头看了一眼，便一头歪倒在地上。张叔怒目而视："你们这是干啥？"说着拔出猎刀。

"把刀放下，不然叫你跟它一样！"小李用麻醉枪对准张叔，"刀扔了，趴在地上，滑雪板也卸了，快！"

张叔深知好汉不吃眼前亏，趴在了雪地上。我也被勒令趴下了。这下才明白，小李和小于就是骗子。小于上来把我和张叔的猎刀与滑雪板都拿走了。我们完全失去了反抗能力。

“能不能说句实话，你俩究竟是干什么的？”张叔问。

“我们是盗猎的。我们伪造了证件，冒充摄影家，只是为了接近你，想从你嘴里套出貂熊的线索。你这家伙还真好骗，多亏你帮忙，不然我们到哪里找貂熊去？你们要是识相，我们哥俩饶你们一命，不然把你们宰了扔在山上喂狼。”小李恶狠狠地说。

说罢，两人一起向貂熊滑去。他们到了貂熊近前，不料，已经昏迷的貂熊一抬屁股，“噗”地喷出一股黄色的液体。

两人大惊，想躲已经来不及，那液体早已喷到脸上。他俩伸手死死捂住面部，难受至极，随即便全身瘫软，倒在了地上。张叔见状，忙起身用围脖裹住口鼻，拼尽全力踏着积雪冲过去猛施拳脚，我也上去帮忙，将两人制服，绑牢了他们的双手。这两个家伙已没有还手能力。

张叔来到貂熊近前，抚摩着它的身子说：“老伙计，多亏了你。都怪我瞎了眼，让你受委屈了。我饶不了那两个坏蛋，今后我一定擦亮眼睛。”

情势骤然间急转直下，我、张叔和貂熊都脱离了危险。

这究竟是怎么回事呢？

张叔告诉我，那两个坏蛋是被貂熊的秘密武器击中了。它的秘密武器就是生在肛门部位的臭腺，在危急关头可分泌出气味极其刺鼻的臭液，平时储存着，如果同尿液和屁一起喷出，绝对令生物难以忍受。通常它用臭液来保存食物，在吃不了的食物旁边洒上点，无须任何遮掩，绝对丢不了。另外，因为貂熊身上的绒毛极厚密，外面还裹着一层硬毛，所以刚才麻醉针并未完全插进它的皮肉。它极其机敏，为了防止两个坏蛋再放枪，便立即倒地不动，最后关头，它趁知觉尚存，拼尽全力喷出了臭液。

之后，我和张叔去林业派出所报了警，警察把这两个恶人带走，让他们受到应有的惩罚。张叔觉得特别对不起他的貂熊朋友，因为他的大意，才让它受此惊吓。貂熊有好几天不再露面，不过最终还是出现了，和张叔“和好如初”。

貂熊的“表弟”——蜜獾

别名 | 平头哥

种属 | 哺乳纲食肉目鼬科

体长 | 91—98厘米

体重 | 5—14千克

分布区域 | 非洲大陆和亚洲西南部等

◎出没地带

非洲热带雨林和开阔草原地区

◎最喜欢的食物

小型哺乳动物、鸟、爬虫、蚂蚁、腐肉、野果、浆果、坚果等

◎保护级别

无危物种

1 不计后果的狂暴者

蜜獾虽然看起来很可爱，却被吉尼斯世界纪录命名为“最大胆的动物”，几乎会攻击所有惹毛它的动物。蜜獾非常喜欢吃蜜蜂幼虫和蛹，它们常常会不计后果地直接冲向蜂窝，也常常因此送掉性命。

2 可怕的吃货

蜜獾是世界上少见的对蛇毒具有抵抗力的动物之一，因此蛇常常会成为它们的美餐。蜜獾的猎物约有60种，从小昆虫到小兔子，它们都能吃。蜜獾总是在不停地捕食以满足自己不断运动所消耗的能量。一只雄性蜜獾每小时能轻轻松松地奔跑9.6千米。

3 蜜獾的间谍好友

蜜獾有一个特殊的间谍好友叫黑喉响蜜䴕，这种动物会呼唤蜜獾跟随自己，将它引向蜜蜂的住所。之后，蜜獾会用其强壮有力的爪子扒开蜂窝大口大口地吃蜜蜂幼虫和蛹，而一旁的响蜜䴕也可以美餐一顿。

第九章

太行山怪盗

扫码即可
声临其境

三年前，阿甲去太行山里游玩，住在一个同乡老朋友家里。他这个朋友叫唐刚，30多岁，精明能干，在山上承包了几百亩荒山，种植核桃树和一些其他果树。阿甲挺喜欢那里的环境，地处深山，静谧清新。唐刚在果树林里盖了房子，虽然比较简陋，但还算宽敞。在那里，唐刚还养了不少鸡，自己养的味道鲜美。他很热情，阿甲就决定多住几天。

那时是秋天，一天早上起来，唐刚在鸡窝里发现了血迹，一瞧，明显少了三只鸡。唐刚很生气，说一定是黄鼠狼干的，逮住非剥了它的皮不可。这几十只鸡白天放养，晚上都会自己进鸡窝。鸡窝像圆形的金字塔，里面有架子，鸡在里面比较安全，出口在下面，等鸡进去后要堵上。他昨天忘记堵了，所以就发生了这么糟糕的事。当时正在闹狂犬病，禁止养狗，所以他家没有看家狗。在鸡窝边，阿甲蹲下看了看说:“黄鼠狼个头很小,不会一下偷走三只鸡吧。就算是一家子黄鼠狼,也不可能拖走三只鸡。”

唐刚想了想说:“也是呀。可不是黄鼠狼,那会是什么呢?不会是狐狸吧?山上没有更大的野兽了。狼虽然有,但极少见,狐狸倒见过好几次,一定是狐狸干的!”

阿甲心想这是有可能的。因为狐狸很聪明,也不怕人,这里又是山上,在缺少食物的情况下,偷吃鸡是很正常的。阿甲说:“算了吧,几只鸡不算多,你这大老板还在乎这个吗?以后记得把鸡窝关好。”

唐刚说:“我算什么老板,干了两年,砸进去不少钱,种了这么多果树,都还没结果呢。”

“等果树结了果,一年就回本了。你不是有很多麻核桃树嘛,现在文玩行情这么

好，麻核桃都是论个卖的，会回本的。”阿甲安慰他。

“但愿吧，再熬一年看看。”唐刚这才笑了。

晚上唐刚加强了防范，把鸡窝门封得很严实，可第二天鸡竟然又少了。从鸡窝外面根本看不出狐狸是从哪里进去的，鸡窝口很低很小。唐刚用棍子探了半天，也没发现有什么异常。

接连两天丢鸡，阿甲也搞不明白是怎么回事。唐刚有些心疼了，于是跑到附近的村里请教，在一个老猎人那里买了一个陷阱装置。这个装置很简单，就是个一米多长的木筒，但是口大，筒身小，中间还长满倒钩。木筒底部放了一些鸡的内脏。晚上，唐刚就把木筒放在院子里。巧了，这天晚上没丢鸡，但陷阱也没动静。

白天，唐刚一边干活一边琢磨，当天晚上便把木筒放在了离房子几十米远的地方。半夜里，外面突然传来响动。阿甲和唐刚急忙拿起家伙出了屋，跑过去一看，木筒在动呢，里面竟然捉住了一只狐狸，能看见尾巴，还有一股臭味。

唐刚用网将狐狸兜住，背回了院子。他事先准备了铁笼子，用来关押偷鸡贼。只见那只狐狸个头不大，身子也就半米左右，比狗还小，棕红色，胸部有些发白。阿甲仔细看，认为是一只没成年的红狐狸。成年狐狸是不可能这么轻易上当的。唐刚十分高兴，准备杀掉解恨。

阿甲警告唐刚，狐狸是国家保护动物，千万不能杀害。唐刚觉得小狐狸是稀罕动物，想让自己的儿子瞧瞧。

唐刚的儿子叫唐萧萧，9岁了，隔天正好要来这里住。

那天夜里，突然传来凄厉的叫声，跟人叫差不多，一个影子从阿甲的窗前闪过，随后笼子里的小狐狸也叫起来。

阿甲心中窃喜，该不会是小狐狸的爸爸或妈妈来救它了吧。

第二天阿甲早起一看，笼子里的小狐狸还在，瑟瑟发抖的样子十分可怜。唐萧萧见了，果然很感兴趣，蹲在笼子边瞪大眼睛观察，然后突然大叫起来："呀，那是什么？"

大伙顺着唐萧萧指的方向看，院子里有一只野鸡，跟唐刚养的鸡差不多大，野鸡的身上有血迹，显然是死的。我们走到近前一看，死野鸡的旁边竟然还有一个像元宝一样的东西，半个鸡蛋大小，有点脏。大家直揉眼睛，这不是做梦吧？唐刚拿起那东西说："好沉！这肯定是个宝贝！"他边说边使劲擦着，那东西越来越亮。

"这估计是老狐狸为救小狐狸给我送的赎金吧。我真服了，这狐狸绝对通人性，用宝贝买它的孩子呢。"唐刚兴奋得自言自语，还手舞足蹈。

"是呀，赶快把小狐狸放了吧！"阿甲应和道。

"再看看吧，不着急放小狐狸。"唐刚说着，拿起死野鸡，打开笼门放了进去，小狐狸闻了闻，就吃起来。

天色已晚，吃过晚饭，早早熄灯，但是大家并没有睡觉，都通过门缝看着院子，都想看看有没有老狐狸来。可惜，几个小时过去，始终没有什么动静。笼子里的小狐狸也没什么异常。阿甲实在太困了，就说："老狐狸太精了，这么盯着，它估计不会来。"

"是吗？那咱们别看了。"唐刚说。

于是大伙回到各自的屋里睡了。

第二天，地上又多了一块像元宝的东西。唐刚立即兴奋地跑过去，捡起来。

阿甲说："这下该放小狐狸了吧？"

唐刚紧皱眉头说："这件事咱们要重视起来呀。咱们到山上找找有没有老狐狸藏宝的地方，说不定能找到更多的宝贝呢。"

阿甲劝不住唐刚，只好跟着他，以免他发生什么意外。一路上，他们尽量辨别狐狸依稀的脚印。唐刚的经验比较丰富，十分用心地趴在地上瞅。走了一段路，一无所获的唐刚仍不肯放弃。

肚子饿了的阿甲只好先回去。

快到家时，阿甲突然听到有小孩的惨叫声。阿甲大惊，急忙猛跑过去，只见唐萧萧的跟前站着一只动物。那动物

有些像狗，但比较胖，脸上是黑白花的，显得很凶恶，十分吓人。

阿甲大声吆喝，那只动物看了他一眼，就仓皇逃跑了。阿甲看清了那是一只狗獾。唐萧萧因为受到惊吓昏了过去。此时，唐刚也已经回来。

唐萧萧清醒后，唐刚和阿甲就问他怎么回事。唐萧萧说，当时他正在家附近捉蚂蚱，突然发现一个大家伙扑了上来。要不是阿甲正巧赶回来，他可能会有生命危险。唐刚握着阿甲的手说："谢谢你，兄弟，你是我的恩人呀。"

阿甲告诉大伙袭击唐萧萧的动物是狗獾，并把它跟唐刚家丢鸡的事联系起来。唐刚反复思考后把鸡窝拆了。他仔细检查之后，发现鸡窝的底部有一个洞，洞口是特意隐藏的。洞非常深，还拐弯了。唐刚终于明白了事情的原委，立刻就把小狐狸放了。小狐狸很聪明，飞快地往山上跑，很快大家就发现了老狐狸的身影，母子会合，一起消失了。

阿甲顺势说："吃你鸡的不是狐狸，而是那只狗獾。它把洞掏到了鸡窝下面，狗獾掏洞的本事你是知道的，为了偷鸡，这家伙是下足功夫的。被你抓住的小狐狸真委屈。"

阿甲说："狗獾估计已经转移地方了，不好找，以后再说吧。当时我太粗心了，错怪了小狐狸，以后如果有机会遇到它，一定要跟它好好道歉。"

夜间的暴食者
——猪獾

别名 | 沙獾、山獾

种属 | 哺乳纲食肉目鼬科

体长 | 约65厘米

体重 | 约10千克

分布区域 | 东南亚一带

◎出没地带

高、中低山区阔叶林，针阔混交林，灌草丛、平原、丘陵等

◎最喜欢的食物

蚯蚓、青蛙、蜥蜴、泥鳅、黄鳝、甲壳动物、昆虫、蜈蚣、小鸟和鼠类等动物，玉米、小麦、土豆、花生等农作物

◎保护级别

近危物种

❶ “极简家居装潢”的爱好者

猪獾喜欢住在洞中，在荒丘、田埂等杂草茂密的地方挖洞。这些洞都有笔直的通道，有的1米多长，有的则9米多长。洞内非常干燥，它们会在睡觉的地方铺上一些干草。

❷ “暗夜杀手”

猪獾喜欢在夜间活动，虽然视觉很差，但嗅觉灵敏，性情十分凶残。当遇到危险时，它们会前脚低俯，发出凶狠的叫喊，然后挺立前半身，用牙和利爪猛烈地回击。

❸ 爱冬眠的“大食怪”

猪獾会在每年10月下旬开始冬眠。冬眠之前，它们会疯狂地进食，把自己吃得又圆又胖。要等到次年的3月，才能在草地里重新见到它们的身影。

第十章

兔狲奇救少女

扫码即可
声临其境

孙园园是个俊俏的女孩，家住广西岑王老山深处的毛坪村。她18岁了，非常懂事和勤快，放学后经常帮大人做家务，有时还去山上采草药。

岑王老山群峰逶迤，层峦叠嶂，浓雾弥漫，满山覆盖着郁郁葱葱的树木，一年四季变换着色彩和层次。这里不但美，物产也很丰富。孙园园非常热爱自己的家乡，觉得在大山里尽情游玩、干活是再快乐不过的事情。

这天，孙园园约伙伴小雨去山里采草药，不料，半路上，小雨因为碰上亲戚就先回家了。孙园园想既然已经出来，就独自进山吧。她万万没想到灾难在前面等着她。

孙园园身体很结实，胆子也大，走出十来千米路，采到很多草药，于是便背着满满一篓草药往回走。也许是走了太长的山路，比较疲惫，她脚下不稳，下山坡时被绊倒，滚下

去很远，失去了知觉。当她醒来时，发现自己倒在几棵大树下，全身是伤，勉强爬起来也是寸步难行。看看日头已经偏西，爸妈在家一定很着急，她孤单无助，急得流下了眼泪。

这时，前边的树林中出现了一个人影，孙园园大喜过望，急忙呼救。那人很快走了过来，原来是邻村外号叫“王坏人”的村民。他20多岁，不知真名叫什么，大坏事不敢做，小坏事做绝，人们见了他都躲着走。此刻，孙园园很紧张，但觉得他还不至于见死不救。

王坏人贼眉鼠眼，看样子是出来盗猎的。他走过来，认出是孙园园，很意外。孙园园说：“王大哥，你扶我回家或者回去通知我父母吧，我们全家都会感激你的！”王坏人连连点头，装出很同情的样子，却想欺负孙园园。孙园园气得脸通红，明白这个家伙没安好心，指望他救自己根本不可能，就说：“王大哥，你还没打到什么猎物吧？快去忙吧，我没事，一会儿就好了。”

“打什么猎物？不用了。你伤成这样，我不能见死不救

啊。要不这样，我抱你，不，背你下山吧。你知道，我是个热心肠，怎么忍心扔下你不管呢？”王坏人说着，伸手抓住了孙园园的肩头。

孙园园急了，脱口而出：“别耍流氓，快走开！”

“我好心好意帮你，你竟然血口喷人。”王坏人说着，就想抱住孙园园。

孙园园不顾一切地奋起反抗，这半晌，她的身体恢复了许

多，情急之下，一下子就把王坏人推开了。他当然不肯罢休，两人扭打在一处。孙园园大声呼救，森林里常有采药人出没，她盼着能有个人来帮帮她。她一个受了伤的女孩子根本不是王坏人的对手，用不了多长时间就会吃亏的。危急关头，一声恼怒的嘶吼从头顶传来，两人都吓了一跳。抬头看，两米多高的树枝上竟趴着一只沙黄色的兔狲。这是一种小型猫科野兽，比家猫大很多，性情凶猛，矫健无比，以各种鸟兽为食，昼伏夜出，毛皮比较珍贵。很可能它就在这棵枝繁叶茂的大树上栖身，两人一折腾，把它惊醒了。也不排除它刚从附近的树上蹿过来。兔狲非常伶俐，在食物匮乏时，常出入民宅盗食家禽，所以相比别的野兽，不怎么怕人。

“滚开，别坏老子的好事！滚！”王坏人冲兔狲吼了几声。兔狲并没有走，反而冲王坏人龇牙咧嘴地吼叫，好像知道他拿自己没办法。孙园园十分惊喜，冥冥中觉得兔狲就是自己的救兵。她喘着粗气对兔狲说：“快救救我！救救我啊！”

“你说啥？让这只野猫救你？它为啥要救你？老子倒要瞧瞧它救不救你。”王坏人说着，不再理会兔狲，又向孙园园扑去。

孙园园吓得大叫起来，觉得这下在劫难逃了，此刻的王坏人已经没了人性。但是，出人意料的事情发生了。只听王坏人突然凄厉地惨叫一声，翻到了一边，疼得打起了滚。原来，刚才兔狲从树上扑下，伸爪在王坏人背上猛抓了一下，然后火速跳上树了。兔狲的爪子尖利无比，王坏人的衣服很薄，又毫无防备，这一爪子抓下去很深，形成几道长长的伤口，他的后背很快被鲜血染红了，可见伤势着实不轻。

王坏人翻滚折腾了好一阵才停下来，咬牙切齿地说："混蛋野猫，疯了，疯野猫！快，咬她！"兔狲就在树枝上，离孙园园很近，但是丝毫没有伤害她的意思。孙园园有些惊讶，弄不清楚是怎么回事。

"你是不是专跟老子作对？今天不打死你，我王字倒着写！"王坏人气急败坏，捡起一块石头朝兔狲恶狠狠地砸过去。兔狲极其敏捷，迅速躲开了。王坏人又连砸几次都没得逞，连伤带气，几乎疯了。

孙园园凭直觉知道兔狲对自己是友好的，就壮着胆子吓唬王坏人："你快走吧，我就当没遇见你。你快回去打针，免得患破伤风、狂犬病什么的。""什么？让老子走？老子一点便宜没占到，还受了这么重的伤，能走吗？"王坏人说着又要往孙园园身边凑。这时，兔狲仍在树上虎视眈眈，使他进退两难，丑态百出。

突然，一只棕灰色的猎隼从天上飞下，落到了王坏人的旁边，这是他养的猎隼。他今天就是带着这只猎隼出来盗猎的，刚才它追踪猎物飞远了，现在飞回来了。“宝贝，你可回来了！有你在，我就不怕了，快给我出气。那只野猫快把我抓死了。”王坏人指着那只兔狲说。

猎隼果然极其忠实，也通人性，不顾疲劳，向兔狲飞过去。兔狲见状，果然有些胆怯，蹿到了浓密的枝叶里。猎隼很得意，围着大树直叫，耀武扬威的。王坏人高兴得直叫唤：“野猫，这回你怕了吧？有本事跟老子的猎隼交交手。”接着他转身对孙园园说，“那只疯野猫也救不了你，识相的就老实点，不然，老子一声令下，猎隼就能把你抓得满脸花！”

孙园园很害怕，急得不知所措。王坏人等不及了，对猎隼打个手势。那猎隼果然飞到孙园园头顶上方，扑扇着翅膀，目露凶光，钢爪张开，煞是骇人。聪明的孙园园不想吃眼前亏，忙喊：“我答应你，快把猎隼叫回去。”

王坏人并不想真伤了孙园园，急忙打个呼哨，猎隼飞了回去。他得意扬扬道：“怕了吧？丫头，还是乖乖听话吧。王哥我最仗义，你跟了我，我绝不会亏待你！”“你先别过来，我怕那只猎隼，你让它离远点。”王坏人果真把猎隼支到远处。其实孙园园只是在拖延时间，想对策。王坏人刚想扑过来，孙园园早已把一块石头攥在手里，狠狠地朝他迎面砸过去。王坏人毫无防备，被砸了个乌眼青，惨叫着又跌倒在地上。

“臭丫头，你敢耍老子？今天不给你点颜色看看你是不知道我的厉害！”他把猎隼叫过来，特意喂了点食，随即一声令下，猎隼气势汹汹地扑向孙园园。

眼看猎隼的利爪就要抓到自己肩头了，孙园园十分害怕，也许这次真的是凶多吉少了，但她绝不会向邪恶势力低头。突然，空中黄影一闪，那只兔狲竟如箭般蹿出来，准确地扑到了猎隼身上。兔狲以各种鸟类为食，非常擅长攻击各种飞禽。猎隼虽凶猛，但体型很小，兔狲并不怎么忌惮它，刚才躲起来也许只是避其锋芒。现在趁其不备，猛然向猎隼发动了突袭。

猎隼在低空猛烈地扇动着翅膀，急切地尖叫着，但兔狲死死抓住它，就是不肯下来。很快，猎隼没劲儿了，落在地上，这回它更不是兔狲的对手。兔狲跳跃着发动进攻，眼看就要把猎隼活活咬死。王坏人不顾一切地冲过去助阵，才算赶走了兔狲。

猎隼奄奄一息，瘫在地上，王坏人很心痛，他不但自己受伤，还把心爱的猎隼也搭上了。他望着孙园园，眼睛里直冒火:“死丫头,老子今天豁出命也不能放过你,跟那只野猫也拼啦!”说完,他像疯狗一样猛扑上来。

孙园园此刻反而很镇定,也许是兔狲的倾力相助给了她信心与力量,她对王坏人说:“你快走吧,我不会告发你,再过来你还得吃亏。你的伤口再不处理有可能得狂犬病。”王坏人气得简直说不出话了,挥舞着柴刀朝兔狲乱砍乱劈。

兔狲体重不到5千克,正面交锋,还是怕人的,所以它又避开了,只在树上以极高分贝叫唤,声音刺耳,传出很远。王坏人挥着刀,砍落了不少树枝,但就是伤不到兔狲,也赶不走它。他放下柴刀,像个恶魔一

样，打算把孙园园拖离大树下。

“不许动，放开她！”身后传来一声大喝，王坏人瞪着血红的眼珠子回头一看，几名采药人正跑过来。他们可能正从附近经过，听见凄厉的叫声便赶过来了。王坏人一下子泄了气，放开孙园园，想夺路逃跑，可没跑出多远，脚下一绊，摔了个嘴啃泥，再也爬不起来。几名身强力壮的采药人把他摁住，过来一问孙园园，他们决定把这个坏蛋送到派出所，让他接受法律的制裁。

孙园园奇迹般脱了险，含着泪把事情的经过详细讲述了一遍。几个人都大惑不解，甚至怀疑她受到伤害，想隐瞒。孙园园再三强调是真的，大家才相信，都说：“多亏了那只兔狲啊，真是太不寻常了。你好好想想，那只兔狲到底为什么救你呢？”

孙园园想啊想，终于想起一件事。原来，半年前，一次孙园园去同村一个伙伴家玩，正巧遇见大人要处死抓到的一只兔狲，它前一晚潜入院子，想偷鸡吃。善良的孙园园见那只兔狲在木笼里缩成一团，个头不大，大概还没成年，可怜巴巴的，顿生怜悯之心，就央求大人把兔狲放了。一般情况下，兔狲很少偷鸡吃，有的兔狲来人类聚居地是为了找家猫配对。这样的事不少，很多野生兔狲都有家猫血统。

大人很喜欢孙园园，觉得她说得有道理，见她快急哭了，终于答应放了兔狲。孙园园很高兴，亲自抱着木笼，在小伙伴的簇拥下，把兔狲带到野外放生。由于时间过了很久，她把这件事淡忘了。

难道救孙园园的兔狲就是当时被孙园园救下的那只？确实令人难以置信，可事实就是如此。如果是一只陌生的兔狲，应该不太可能做出这种举动的。也就是说，当年那只兔狲极其偶然地在这里，并且记得孙园园的气味，便救了她。俗话说，“狗记千，猫记万”，或许有一定的道理。女孩孙园园一次不经意的善举竟奇迹般化解了她人生中的一次大难。

树枝突然抖动了几下，几声叫声传来，原来是那只兔狲离去了，所有人都望着那棵大树，目送兔狲远去的背影，半晌没说话。看来有些野生动物真的极具灵性，甚至是人们无法解释和想象的。

动物观察笔记

似猫非猫的兔狲

别名 | 洋猞猁、蒙古山猫

种属 | 哺乳纲食肉目猫科

体长 | 50—65厘米

体重 | 约2—3千克

分布区域 | 亚洲中部地带向东至西伯利亚

◎出没地带

灌丛草原、荒漠草原、荒漠与戈壁

◎最喜欢的食物

以鼠类为食，也吃野兔、鼠兔、沙鸡等

◎保护级别

濒危物种，国家二级保护动物

1 与人类相同的瞳孔

大多数猫科动物的瞳孔是竖瞳，而兔狲的瞳孔却是圆形的，这一点和人类差不多。这个特征的形成跟它的习性和生活环境有关系，是长期生存演化的结果。

2 似猫非猫的动物

兔狲看上去像猫，但有几个特征和猫科动物有区别。它的腿比一般的猫科动物短，臀部也比猫肥和重，且毛发很长、很厚。这使得它看起来特别的矮胖且多毛。它的耳朵位置较低，这使它的脸看上去像猫头鹰。这些都是兔狲不同于猫科动物的特征。

第十一章

神奇的军马

扫码即可
声临其境

我的初中同学老田参军后，经历了一件令他终生难忘的事。为了叙述方便，下面以第一人称讲述这个故事。

我曾是一名光荣的边防战士，驻守在中国和吉尔吉斯斯坦边境的某前哨。那里地处天山山脉深处，生活条件非常艰苦，但景色很优美。

那年初春的一天，我奉命下山驮给养。由于前哨设在主峰顶上，道路极其难走，只能用训练有素的军马驮。我骑的是一匹叫作克克吐鲁克的军马。克克吐鲁克在塔吉克语中有“开满鲜花的地方”之意，不知是哪位浪漫的战士起的。它是一匹6岁的纯种伊犁马，毛色白里透红，四肢纤细刚劲，鬣鬃如飘曳的缎幅。在边防连几十匹军马中，它是最出色的，所以被派在了最艰苦的前哨。驮着100多千克的给养爬上5000多米的峰顶，对它来说并非难事，前哨的战友们都非常喜欢它，很自然地把它当作班里的一员。

克克吐鲁克养精蓄锐已有半个多月，下山时速度很快，没多久便到了地势平缓的山坳中。它对路线十分熟悉，相比之下，仅下过两次山的我倒算个“新兵”。突然正在疾走的克克吐鲁克发出一阵嘶鸣，停住了脚步，我吃了一惊，忙回头望去。啊！一群野狼追上来了。

狼的适应性非常强，只要是没有人类的地方，它们就能生存。由于边境的两侧非紧急情况不允许放枪，所以野狼得以与我们边防战士“和平共处”，经常可以看见这些毛色较浅的家伙成群结队地在附近游荡，好在它们平时并不缺少食物，对人没有恶意。可是看今天这架势，有点不太对劲。这群野狼有二十多匹，个个眼露凶光，肚皮干瘪，显然是饥饿至极，要拿我和克克吐鲁克当大餐享用。

此处离边境线不远，为避免产生误会，最好别开枪；况且，为了轻装上路，我带的子弹不多，顶多打死一半狼，而剩余的狼是不会轻饶我的。看来，我只有一跑了之。我双脚一磕镫，抓紧马鬃，克克吐鲁克四蹄腾跃，向前飞奔起来。山路上尽是冰川搬运的巨石，一般的马上来肯定寸步难行，而克克吐鲁克是“天马”的后代，步伐极为灵活，总能精确地踩到最恰当的位置，在地上轻轻一点，随即又跃出五六米远，所以跑得还是挺快的。后面的狼发了狠，一直远远地追着。大约过了二十多分钟，我们来到奔腾不息的阿克苏河边。要是在枯水期，克克吐鲁克会毫不迟疑地下水，涉到对岸。但今天不行，河面比平时宽了一倍多，有200多米，浑黄的河面上浊浪翻滚——现在正是一年一度的春汛期。

群狼分散开，从后面追上来。未等我下令，克克吐鲁克长嘶一声，探蹄下了水。一般人可能不知道，马的游泳技术是很高超的。没走多远，河水就漫上了马背。克克吐鲁克开始游起来，它显得并不费力，跟在空中奔腾一样，只要能顺利游到对岸就什么都不怕了。

往后看，我气得哭笑不得，群狼一阵怪嚎后也纷纷跳下水，向我们追来。这帮可恶的家伙，到底还有完没完？河水灌进皮靴，冰凉刺骨。游到中流，水流异常湍急，克克吐鲁克一下被横着推出十几米。无论它怎样努力，都无法径直游向对岸，只能顺流而下。我趴在克克吐鲁克背上，心提到了嗓子眼儿。

忽然，我发现水面上多了一大片浮冰，大的有五六十千克，小的也有十几千克，是从上游冲下来的。没容我有所反应，一大块浮冰就朝我拦腰撞来，我觉得身体仿佛从中间断开了，一下栽入冰河中。

我的游泳技术很差，只会简单的狗刨，水又是冰冷刺骨，我当下便乱了方寸，只剩下喝水的份儿，浑水冲进胃里，

那种滋味无法形容。溺水的人见到什么就抓什么，而且会死抓住不放。我抓住的是克克吐鲁克的马缰，河水如魔鬼的巨手，撕扯着我，把我往地狱里拉。没过多久，我就失去了知觉。

不知道过了多长时间，我慢慢恢复了知觉。全身几乎都麻木了，手脚根本不听使唤。我还活着吗？我吃力地睁开眼。啊，好亮！我还活着。是克克吐鲁克把我拖上了岸，我的手还死死地握着拳头，那根缰绳已勒进肉里。

克克吐鲁克一直在用舌头舔我的脸，那种温暖而湿润的感觉令我回味至今，刻骨铭心。见我醒了，克克吐鲁克喜不自禁，用前蹄在地上使劲刨起来，又摇头又打响鼻。我明白了它的意思，它是想让我爬到它背上，它要带我离开这里，可是我全身一点力气也没有，我的身体好像已经不属于我。

费了半天劲，我也没能爬起来。我喘着粗气喃喃地说："克克吐鲁克，去吧，到山下，找战友，先别管我了……"克克吐鲁克似乎听懂了，在用力摇头，它那明亮的微蓝的眸子里闪烁着泪光。

当时的气温在−20°C左右，我的全身湿透，在雪地上躺久了，就可能被活活冻死，更何况还有极其可怕的高原反应。

克克吐鲁克在附近跑了几圈，又回到我身边，拱翻我，用嘴咬住我后背的衣服，把我拖了起来，迈步朝前走。我完全是累赘，可它不肯独自离去。

我的克克吐鲁克，我的好战友，你虽是动物，却有着多么忠诚而高贵的灵魂。我的心被深深震撼，泪水夺眶而出，洒在雪地上。

克克吐鲁克凭着它坚强的毅力和决心，就那么叼着我走。这里距边防连部至少有几十千米，什么时候能到达呢？你就是体力再好，牙齿也受不了啊。快把我丢下吧，克克吐鲁克，求你了！

又走了很长时间，克克吐鲁克终于把我放下了。

我看到它的嘴角淌着血，再往旁边看，热气弥漫，如起了大雾，原来是到了一个温泉旁，泉眼喷出半米高的水柱，在石凹中形成一个小湖。克克吐鲁克进去试了试，便把已快冻僵的我扔了下去。

太舒服了！水温有50°C左右，我如冰块般的身体迅速融化着，不一会儿，就像换了一个人，尽情戏起水来。克克吐鲁克也跳进来，趴在泉水里尽情地打响鼻。我搂着它的脖子高呼万岁。

这时我才看清楚，克克吐鲁克也受了伤，浑身青一块紫一块的。它刚才一定与风浪进行过一场生死较量。那风浪，已经把凶恶得不可一世的狼群冲得无影无踪。

天山的地热资源十分丰富，分布着许多这样的温泉。克克吐鲁克也许以前到过这里，也许用鼻子闻到了。如果没有这个温泉，我难免一死。

又歇了很长时间，我拧干衣服，由克克吐鲁克驮着，回到了边防连。见到战友们，我一五一十地讲述了自己的奇特经历。他们齐声惊叹："克克吐鲁克真神了！宝马啊宝马！"

这就是我和我的宝马克克吐鲁克的故事。当你看完我们的故事，会不会对可爱的动物朋友有了新的认识呢？

动物观察笔记

马类中的“活化石”——普氏野马

别名 | 亚洲野马、蒙古野马、准噶尔野马

种属 | 哺乳纲奇蹄目马科

体长 | 约210厘米

体重 | 约350千克

分布区域 | 蒙古国、中国等

◎出没地带

缓坡上的山地草原及水草条件略好的沙漠、戈壁

◎最喜欢的食物

芨芨草、梭梭、芦苇、红柳等

◎保护级别

濒危物种，国家一级保护动物

❶ 马类中的“活化石”

普氏野马是地球上唯一存活的野生马，是拥有6000万年进化史的“活化石”，目前全世界仅存2000多匹。由于捕猎和环境问题，普氏野马曾在原生地我国的准噶尔盆地消失。从1985年起，我国陆续从欧洲引回普氏野马。经过多年的积极保护，在新疆卡拉麦里和甘肃武威的普氏野马恢复到600多匹，约占全球野马总数的三分之一。

❷ 名称的由来

普氏野马原来叫“准噶尔野马”，直到19世纪后半期，准噶尔野马才被命名为普氏野马。所谓普氏，是一个叫普尔热瓦尔斯基的俄罗斯人。1878年，普尔热瓦尔斯基率领的探险队最先在新疆发现了这种野马。1881年，由俄罗斯生物学家波利亚科夫正式命名为“普氏野马”，为国际学术界所公认。

第十二章

鹰兔智斗

扫码即可
声临其境

几年前的一天，我骑着山地车去郊外的山上兜风。正是金秋时节，天高云淡，风中飘散着一种果实成熟的微甜的气息。只有在野外，才能真切地感受到季节的韵味。

一番剧烈运动后，我停在半山腰的公路上歇息，欣赏着山坡下的美好风光。抬眼望去，高空中飞来一只大鸟。那是一只雄鹰，正展翅滑翔，俯瞰万物。有好戏看了，一定有什么东西引起了它的兴趣。

果然，一只肥大的草兔跳出来，飞也似的向山坡下奔去，如一道棕黄色的闪电。兔子在山坡上没有深洞穴，通常只是找个草窝或小土坑猫着。即使人快踩着它了，它也一动不动。但这一切逃不过锐利的鹰眼。草兔见藏不住了，只得仓皇逃命。

鹰立即奋力拍翅，只十几秒钟便追上了草兔，开始在低空逼近，伺机下手。鹰比起雕来，块头相差很多，体重也就1.2千克左右。它不可能像雕似的一个俯冲，便将草兔擒获。对方的体重可能是它的三倍。

追了一会儿，鹰按捺不住，稍微飞高些，气势汹汹地冲压下去，准备利用空中优势，先给草兔点厉害瞧瞧。

那草兔见无法逃脱，索性躺在了地上，蜷起了四条腿。它瞪着眼睛，注视着石头般袭来的鹰。看得出，这是一只久经考验的老兔。它打算用“兔子蹬鹰”的招式来防身，那鹰要倒霉了。

就在鹰即将撞到猎物的一刹那，草兔猛然一蹬后腿，劲道十足，杀机毕现。却见鹰戛然而止，又陡地向右上方一纵，腾开了身形。这几个动作一气呵成，十分漂亮，好机敏的鹰。

草兔这一招是专门对付愣头愣脑的雏鹰的，如被识破，就毫无意义了。草兔慌忙爬起来，又急急地撒腿猛跑。鹰乘胜追击，这次它稳扎稳打，一只爪子蓦地抓住了草兔的后腰。

听一些朋友讲过，草兔一旦被鹰抓住，必会忍痛回头反击。而鹰会闪电般伸出另一只爪子，把兔子的双眼抓瞎。眼一瞎，兔子也就算完了。

谁知那草兔死活不肯回头，仍旧驮着鹰往前疾奔，仿佛尖锐的鹰爪并未抠进它的皮肉，而是抓在了它身上穿的一件皮袄上。

草兔跑得极快，连蹿带蹦，忽左忽右。鹰翅膀乱扇，极力保持着身体的平衡。它想把草兔提起来摔死，可惜力不从心。

我见目标渐远，忙骑车追了一程，又接着观看。这么精彩的场面，我可不愿错过，可惜我是唯一的观众。

鹰见短时间内难以制服草兔，索性放弃了努力，只用双爪死死抓住草兔，任它随意奔逃。草兔受了伤，又急又怕，是坚持不了多久的。

突然，草兔驮着鹰朝一簇面积不大的灌木丛跑去，那里全是耐旱的酸枣和刺槐，枝条上密布着尖锐的刺。我有过这样的经验，为了采到几枚酸枣而走进酸枣丛，虽万分小心，但胳膊仍被扎得伤痕累累。那些刺确实令人防不胜防。

草兔贴近地面，在主干间穿行，几乎碰不到什么刺。而鹰就不同了，它无力将兔子抓离地面，只能抓着兔子随之在地面移动，还伸展着翅膀，而这样的高度正好从长满尖刺的灌木丛中穿过。它被连撞带扎，发出尖厉的叫声，弄得羽毛乱飞，血迹斑斑。用不了多久，它就可能被活活扎死。草兔这一招的确是高。

鹰不得不放弃草兔，十分吃力地飞出了灌木丛。它已是狼狈不堪，威风扫地，不得不找了个地方落下来，用尖喙舔弄起羽毛和伤口。草兔则躲在灌木丛中再不肯出来。它已取得了决定性胜利，也许正偷着乐呢。

我发了一通感慨，正准备骑车离去，却见鹰休整一番后，飞到了不远处的一条小河边，并用翅膀拍打水面，很快把羽毛都弄湿了。这古怪的举动令我大为迷惑。它想干吗？想自杀还是想用水清洗伤口？真是匪夷所思，令人费解。

接着，鹰又在河边的沙滩上拍打起来，湿漉漉的翅膀上沾满了沙子。它变成了一只不折不扣的丑八怪。

我耐着性子，想看个究竟。

不久，草兔见鹰已飞走，试探几下后便蹿出灌木丛，向山上跑去。

鹰见草兔离灌木丛很远了，便疾追而去，很快逼近了草兔。这次它没抓草兔的脊背，而是在它前方乱抖一气。这一招顿时收到奇效，兔子的眼睛被沙子眯住了，什么也看不见，只好用爪子乱揉，原地跳跃。

鹰抓住时机，骤然出击，抓瞎了兔子的双眼。兔子发出凄厉的惨叫，绝望地挣扎着。鹰毫不留情，爪喙齐下，将草兔杀死了。

我距离它们有一百多米，惊叹之余，动了贪念，捡起一块石头想把鹰轰走，这样我可以白捡个大肥兔子。

我没走出几步就收住脚，想：鹰虽为禽类，但刚才对付草兔的招数令人叫绝，若是我惹了它，不知它会使出什么招数来对付我，还是小心为妙。今天，看了一场精彩的鹰兔斗，收获已是不小，还是骑车下山吧。

于是，我便骑车下山了。

动物观察笔记

拥有多功能耳朵的草兔

别名 | 海角野兔、阿拉伯野兔、布朗野兔、沙漠野兔

种类 | 哺乳纲兔形目兔科

体长 | 40—68厘米

体重 | 1—3.5千克

分布区域 | 非洲、亚洲、欧洲，中国东北、华北、西北和长江中下游一带

◎出没地带

农田或农田附近沟渠两岸的低洼地、草甸、田野、树林、草丛、灌丛及林缘地带

◎最喜欢的食物

玉米、豆类、蔬菜、杂草、树皮、嫩枝及树苗等

◎保护级别

低危物种

❶ 拥有多功能耳朵的草兔

草兔的耳朵可以随意地灵活转动，面对不同的环境会竖起或下垂。此外，它的耳朵还布满毛细血管，可以用来保温或散热。

❷ 娇嫩的肠胃

草兔的肠胃很娇嫩，吸收不了太多的水分，因此，在一般情况下，它是不喝水的。草兔体内所需的水分来自于它们所吃的食物，主要是青草和青菜，这些食物含有相当多的水分。在一般情况下，这些水分就足够了，如果再喝水的话，就会引起肠胃炎而拉稀，甚至可能导致死亡。不过，如果体内水分过于缺乏的话，它也会喝点水。

动物观察日记

观察时间

观察地点

名字

喜欢的食物

它是

□ 哺乳类 □ 鸟类 □ 鱼类 □ 贝类 □ 昆虫

□ 其他

画一画

小知识点

◎它有什么装备

◎它有什么小秘密

动物观察日记

观察时间 ____________

观察地点 ____________

名字 ____________

喜欢的食物 ____________

它是

☐ 哺乳类 ☐ 鸟类 ☐ 鱼类 ☐ 贝类 ☐ 昆虫

☐ 其他 ____________

画一画

小知识点

◎它有什么装备

◎它有什么小秘密

动物观察日记

观察时间

观察地点

名字

喜欢的食物

它是

☐ 哺乳类 ☐ 鸟类 ☐ 鱼类 ☐ 贝类 ☐ 昆虫

☐ 其他

画一画

小知识点

◎它有什么装备

◎它有什么小秘密

动物观察日记

观察时间 ______

观察地点 ______

名字 ______

喜欢的食物 ______

它是

☐ 哺乳类　☐ 鸟类　☐ 鱼类　☐ 贝类　☐ 昆虫

☐ 其他 ______

画一画

小知识点

◎它有什么装备

◎它有什么小秘密

图书在版编目（CIP）数据

神秘的“驴头狼”/马文秋著．-- 杭州：浙江教育出版社，2020.6
（马文秋奇趣自然大冒险系列）
ISBN 978-7-5722-0155-4

Ⅰ．①神… Ⅱ．①马… Ⅲ．①故事—作品集—中国—当代 Ⅳ．①I247.81

中国版本图书馆 CIP 数据核字 (2020) 第 059246 号

马文秋奇趣自然大冒险系列
神秘的“驴头狼”
SHENMI DE LÜTOULANG
马文秋　著

责任编辑　徐海娟
美术编辑　曾国兴
责任校对　池　清
责任印务　陈　沁
内文插画　赵　燕　牟子月　薄皓予
封面设计　乐读文化
出版发行　浙江教育出版社
（杭州市天目山路 40 号　邮编：310013）
激光照排　杭州兴邦电子印务有限公司
印　　刷　浙江新华印刷技术有限公司
开　　本　890mm × 1240mm　1/32
印　　张　5.5
字　　数　111 000
版　　次　2020 年 6 月第 1 版
印　　次　2020 年 6 月第 1 次印刷
标准书号　ISBN 978-7-5722-0155-4
定　　价　29.80 元
网　　址　www.zjeph.com